家なきウエイトレスの純情

ハイディ・ライス 作

雪美月志音 訳

ハーレクイン・ロマンス

東京・ロンドン・トロント・パリ・ニューヨーク・アムステルダム
ハンブルク・ストックホルム・ミラノ・シドニー・マドリッド・ワルシャワ
ブダペスト・リオデジャネイロ・ルクセンブルク・フリブール・ムンバイ

UNWRAPPING HIS NEW YORK INNOCENT

by Heidi Rice

Published by Harlequin Japan, a Division of K.K. HarperCollins Japan, 2024

ハイディ・ライス

USA トゥデイのベストセラー作家。ロンドンで生まれ育ち、2人の息子と夫、そして 2 匹のハムスターとともに現在もそこに暮らす。10 代からずっと映画マニアであり、ロマンス中毒だという。イギリスの大衆紙デイリーメールと、そのアイルランド版姉妹紙で 10 年ものあいだ映画批評家として活躍。その後、理想の仕事だというロマンス小説家に転身することを決めた。

主要登場人物

エレノア・マクレガー……ウエイトレス。愛称エリー。
ロス・マクレガー……エリーの父。故人。
スーザン・マクレガー……エリーの母。故人。
ベサニー・サリバン……エリーのボス。
アレッサンドロ・コスタ……実業家。愛称アレックス。
カーマイン・コスタ……アレックスの父。故人。
マッテオ、アルド……アレックスの弟たち。
アリアナ、イザベラ、ミア……アレックスの妹たち。
ローマン・フレイザー……アレックスの親友。
ブラッド・ラディソン……アレックスの知人。
レーン・マッケンジー……私立探偵。

プロローグ

ハロウィーンの夜

「わお！　この飾りつけにいくらかかったか、見当もつかないわ」

エリー・マクレガーは、マンハッタンにある豪華なアールデコ調のペントハウスのテラスを眺めながら、秋風に身を震わせた。眼下に広がる薄暮のセントラルパークの眺めも、何日もかけてつくられたハロウィーンの装飾の見事さには及ばない。ゴシック様式のアパートメントの屋上庭園には凝りに凝ったおばけの森が出現していた。ゲストの到着まで、あと一時間。スタッフは松明の明かりの下で最後の仕上げに余念がない。ケータリング業者は、フォンダン・アイシングで造形された〝死者の日〟の墓地や、三途の川を模したパンチの噴水など、宴会場の設営にいそしんでいた。

すべて、たった一晩のために！

いったい、いくらかかったのだろう？　おそらく、私が十年間で稼ぐ額より多いに違いない。

「アレックス・コスタのハロウィーン舞踏会のことは知っているでしょう？　彼はアメリカで最も注目を集めている独身男性の一人で、毎年、彼の友人のローマン・フレイザーとセレブリティ誌のランキングでトップの座を争っているのよ」接客係の上司であるカーリーは、エリーを怪物グールのうめき声に満ちた廊下へと案内しながらニューヨーク訛りで言った。「私は、コスタのほうがセクシーだと思う。あのブルーカラー的なセックス・アピールは、本当にすばらしい」ため息をついて続ける。「でも、ローマン・フレイザーも最高にキュート。彼は典型的なアイビーリーグっぽいところがあるし、行方不明になった妹を捜す姿は、彼を母親にしたいとさえ思わせる優しさがある」彼女は〝立入禁止〟と書かれたドアを押し開けた。

「〝妹を捜す〟って？」エリーは活気に満ちた厨房(ちゅうぼう)に向かいながら尋ねた。

　カーリーは立ち止まってエリーを見つめた。「嘘(うそ)でしょう？　あなた、本当にスコットランド人？　聞いたことないの？」

　エリーはうなずいた。二日前、グラスゴーからの格安航空券でラガーディア空港に着いたとき以上に心もとなさを感じた。彼女が二十一歳まで過ごしたアウター・ヘブリディーズ諸島の小さな島モイラからグラスゴーまでは、ヒッチハイクだった。

　なんの資産も残さずに両親が亡くなったあと、エリーは生活費と渡航費用を稼ぐために、モイラ島のパブで二年間働いた。彼女は新しい世界で新しい人生を生きることを望んだ――父と母をわずかの間に失った悲しみを癒やしたくて。ロス・マクレガーは心臓発作で、スーザンは夫のあとを追うように脳卒中で亡くなった。

　カーリーがローマン・フレイザーと彼の行方不明の妹に関する話を語り始めた。

　二十年以上前の雪のクリスマス、アメリカ東海岸の億万長者の夫婦が、ハイランド地方のホテルを買収できるかどうか検討するためにスコットランドを訪れた。ところが、人通りのない暗い道で交通事故に遭い、数時間後に発見されたときには、二人は死亡していた。しかし、幼いローマンはかろうじて生きていた。そして、彼らと一緒にいたはずの赤ん坊――ローマンの妹は発見されなかったという。

「本当にこの話を聞いたことがないの？」カーリーは驚いた様子で尋ねた。

「もしかしたら、聞いたかもしれません」無知だと思われるのがいやで、エリーは嘘をついた。

実のところ、彼女は仕事柄、テレビのニュースを見逃すことが多かったし、モイラ島ではインターネットの環境が整っているのはごく一部に限られていた。新聞は一日遅れで届くありさまで、誰もニュースのことなど気に留めなかった。

カーリーがさらにローマン・フレイザーの妹捜しについて話したところによると、妹になりすまして億万長者の唯一の肉親になろうとする金目当ての女たちが彼に群がったという。妹捜しは十年前、ローマンが晴れて遺産の相続人になったときに開始された。その時点で、妹は十一歳になっていた。

「休憩時間に今の話をチェックしておいたほうがいいわよ」カーリーは首をかしげ、エリーをしげしげと眺めた。「あなたはスコットランドの出身で、彼の妹さんと年齢が同じだし、ひょっとしてあなたがその行方不明の妹かもね。彼女の名前は〝エロイーズ〟で、〝エリー〟と似ていると思わない？」

まあ、確かに。エリーはそう思った。

でも、まじめな話、どうしてアメリカ人の誰もが、スコットランドの人口が二十人ほどで、全員が知り合いか、あるいは親戚だと思っているのかしら？

「私の名は、母方の祖母のエレノア・フィッツジェラルドにちなんでいるんです」エリーは言いながら、三年前に両親を亡くして以来、ずっと抱えてきた罪悪感が胸骨の下で脈打つのを感じた。

エリーはモイラ島を出たいと訴え続け、両親を悩ませてきた。ロスもスーザンも、善良で、親切で、堅実で、頼りがいのある人たちだった。スーザンが数回の流産を経て四十代で奇跡的に授かった女の子がエリーだった。子供の頃、エリーは一教室しかない学校を抜け出しては島内を歩きまわった。大西洋を隔てたはるか遠くの大都会、ニューヨークに漠然と思いを馳せながら。思春期に差しかかると、さらに離島の暮らしを嫌うようになった。島のどうしようもない閉鎖性、農夫か漁師になることしか頭にない三人の同級生と一緒に受ける授業、早朝にしなければならない羊の世話……。

エリーは、都会的で洗練された場所で、天気や子羊の値段以外のことについて誰かと語り合いたいと思っていた。そんな娘に対しても、両親はいつも我慢強く、声を荒らげることはなかった。ただ、パニックと心配の入りまじったような目で彼女を見つめるばかりだった。

そしてついに、エリーはモイラ島に別れを告げた。長年の夢を叶えるために。とはいえ、ニューヨークに到着するやいなや、新たな人生を始めるには、過去の人生と決別するだけでは充分でないと気づいた。

彼女がこの街に来たのは、自分の居場所がないという感覚を振り払うためだった。自分を知る人がいないこの地で、勇敢かつ大胆に行動する――それこそが当面の目標だった。ところが、立ち並ぶ高層ビルや、都会の騒音とエネルギーは彼女を魅了し、興奮させた半面、彼女を威嚇し、恐怖心を植えつけた。自分が思っていたほどには、エリーは勇敢でも大胆でもなかったのかもしれない。あるいは、ここに住む人たちの弱肉強食を当然と見なす倫理観に対する心構えができていなかったのだろうか。

もしこの街にも私の居場所がなかったら、どうすればいいの？

「それは残念ね」

カーリーの声に、エリーははっと我に返った。

「ローマン・フレイザーがあなたのお兄さんだったら、数十億ドルの遺産を相続できるのに。そしてアレックス・コスタに取り入るチャンスも生まれる。彼はローマンの友人だから」

エリーはうなずきつつも、残念だとはまったく思わなかった。父も母も心の温かな人だった。幼い頃に両親を亡くしたローマン・フレイザーに比べれば、私は幸せ者だ。ああ、生きているときに、両親にもう少し感謝していれば。

アレックス・コスタについては？　エリーは恥じ入った。願い下げだわ。カーリーの話から察するに、彼は相当なプレイボーイらしかった。一方、エリーはまだバージンだった。多くのスーパーモデルと親密な交際を重ねてきたような男性に身を捧げようとは思わなかった。

それに、路上生活者が大勢いるというのに、パーティの飾りつけに大金を費やすなんて、神経を疑う。

エリーには放浪願望があるかもしれないが、いくつかの守るべきルールを自分に課していた。その一つは、少なくとも一週間は滞在するこの街で貯金が底をつくような事態は避けるということだった。そのために今夜、一生懸命働くことにしたのだ。

カーリーは手の込んだ衣装が並んでいる棚の前で足を止め、そのうちの一着を手に取ってエリーの胸にあてがった。「あなたにはこれが似合うかも」

その衣装は悪魔じみた小妖精のようで、ニッカーズをかろうじて隠す程度の丈しかなかった。

「着替えは化粧室でね」カーリーは携帯電話を見ながら続けた。「私たちの仕事はゲストが到着してからよ。けれど、たいていの客はいつもすごく早く来て、内装やミスター・コスタをチェックするから、二十分前には持ち場に着くようにして」

「でも、この衣装の残りの部分はどこにあるの？」

「この仕事がしたくないの？」カーリーがきいた。

エリーは頬を染めた。ここはモイラじゃないのよ、と自分に言い聞かせる。「いいえ、したいです」

しかし、着替えに向かう途中、アレックス・コスタは間違いなくいやな男だと思った。真冬に売春婦のような格好をスタッフにさせるなんて。

1

〈すまない、アレックス。今夜のパーティは欠席する。もっといいオファーが来たんだ。きみはせいぜい楽しんでくれ。ただし、僕が口説かないような女は口説かないように〉

「またか」アレックス・コスタは、親友からのメールを読みながら独りごちた。

ローマン・フレイザーの言う〝もっといいオファー〟というのは、顔も体つきも極上の女性と出会う可能性を意味している。だが、アレックスは親友を責めるつもりはなかった。彼はそもそもパーティが苦手なのだ。正直な話、アレックスもあまり好きではなかった。〈コスタ・テック〉が初めて『フォーブス』誌の〝グローバル２０００〟にランクインし、二十三歳の若さで億万長者になった七年前に、アレックスはハロウィーン舞踏会を催した。以来、このパーティは彼が自身をアピールする場となり、マンハッタンの社交界に欠かせないイベントになった。

彼は今、最上階のスイートルームのバルコニーに立ち、眼下の祝祭会場を眺めていた。ブロードウェイの一流の舞台美術家が幽霊屋敷と墓場につくり変えた屋外スペースでは、大勢の人たちが、有名デザイナーが手がけた値の張る仮装衣装を身にまとい、パーティを楽しんでいる。

アレックスも参加するべきだが、その前に、エグゼクティブ・アシスタントが発注した衣装を彼に着せるために一時間以上も待っているヘアメイク・チームのなすがままになる必要があった。

十分前にオフィスに到着したとき、アレックスは高価なスコッチを自分でついで飲んだ。ローマンが約束どおりここに来て、一緒に騒ぐことができれば、少しは耐えられただろう。今夜、彼は親友と一緒に過ごしたいと思っていた。というのも、ローマンから感謝祭までニューヨークを留守にすることを聞いていたからだ。ローマンはいつも、クリスマスが近づくと、ふさぎこむ。アレックスも子供の頃からクリスマスが好きではなかった。

ありがとうよ、父さん……。

アレックスは、父カーマイン・コスタのことを思い起こした。誰からも慕われた男だった。ただし、父の虚実を知っていたアレックスを除いて。逃避と策略に長け、偉大な夫であり献身的な父親のふりをしながら、カーマインはブロンクスのあちこちに女を囲っていた。

久しく感じたことのない孤独感に襲われながら、アレックスは目を細くして再びパーティの客たちを見下ろした。なぜ、僕はあの老人のことを考えていたのだろう？

コスタ、そろそろ気持ちを切り替えろ。彼は自分にそう言い聞かせながら屋内に入ろうとしたとき、ウエイトレスがランチョンマットのような衣装をまとい、客の間を縫うように歩いているのが目に入った。アレックスは彼女のほっそりした体とカールした栗色の髪を眺め、湧き起こる欲望に苛まれながら口元を手でこすった。

いったい彼女は何者なんだ？　というのも、R指定の妖精にしか見えなかったからだ。十月の終わりにスタッフにあんな格好をさせるなんて、いったい誰が考えたんだ？　彼女は凍えているに違いない。網目のパンストに包まれた引き締まった腿と、緑色のシルクのスカートを揺らすヒップに、アレックスの視線は釘づけになった。

こんなふうに欲望を刺激されたのはいつ以来だろう？　ずいぶん昔の話だ。

だが、ウエイトレスを口説くなどありえない。つまり、今夜幸運に恵まれたのはローマンだけということだ。

アレックスはウイスキーを飲み干し、喉が焼けるのを感じながら中に入った。

「やあ、お嬢ちゃん、この魔女のようなマティーニはまだあるかい？」

数時間前に大きなまめをつくったハイヒールでよろよろと振り向くと、一晩中エリーにつきまとっているプレッピー風のフランケンシュタインが、こちらにやってくるのが見えた。

ああ、もう死にたい……。

「はい、今すぐにお持ちしますね」エリーはそう言ってトレイを痛む腕の上にのせ、彼の横をすり抜けようとした。

「おい……お嬢ちゃん……」彼は呂律（ろれつ）のまわらない口調で言い、充血した目で彼女をにらんだ。「また逃げるつもりか、かわい子ちゃん（キューティ・パイ）」

キューティー・パイ？　本気で言っているの？

彼に腰をつかまれた瞬間、エリーは固まった。

「放してください！」エリーは身をよじって逃れた。

寒くて、痛くて、時差ぼけで、男に絡まれて……。まだパーティは続くのに。もしまた私に触れたら、この男は死ぬほど後悔するだろう。

「おい、〈ラディソン・インベストメンツ〉のCEOにそんな態度をとったと知ったら、コスタは激怒するぞ」

言い終えるなり、彼は片方の手でエリーのヒップをなぞり上げた。たちまち視界が赤い霧に覆われ、彼女は男の手を払いのけた。「フランキー、もう一度私に触れたら、命はないわよ」

それでも、フランケンシュタインは言うことを聞かず、彼の手は再び彼女のヒップをさまよった。

オーケー。エリーは拳を握り、緑色に塗られた男の顎にめりこませた。その拍子にトレイがひっくり返って飲み物が彼女の服を濡らした。

近くにいた人たちが騒ぎに気づいて二人に注目が集まると、エリーの頬はかっと熱くなった。フランケンシュタインは悪態をつき、顎をさすりながら彼女に向かってほえた。

「訴えてやる。おまえのせいでインプラントの一本がだめになった」

「もう一度、触ってごらんなさい。それ以上の打撃を与えてやるから」エリーは拳を突き出した。

それでも近寄ってくるフランケンシュタインに向かってエリーが拳を振りかざしたとき、何かが腰に巻きつき、固いものに引き寄せられた。

「冷静になれ、ピクシー・ガール」男性の不機嫌そうな声がエリーの耳元でささやいた。「その男にはきみが手を下すほどの価値はない」

エリーが抗議しかけたとき、その男性がフランケンシュタインに向かってうなり声をあげた。

「出ていけ、ブラッド！　二度と戻ってくるな」

「私は殴られたんだ」フランケンシュタインは泣き言を口にした。

「僕にも殴られたいのか？」穏やかな口調とは裏腹に、その声は鋼鉄のようだった。

フランケンシュタインは降参とばかりに両手を上げた。「いや、もういい」

「行く前に、彼女に謝っておけ」

その声は体に染み入り、腰にまわされた前腕のぬくもりと相まって、彼女の胸を温かくした。そのときになって、エリーは彼にしがみついていることに気づき、アドレナリンは急速に消えていった。

魔女や悪魔に扮した顔が彼らを取り囲み、ある者はくすくす笑い、ある者は携帯電話で写真を撮っている。誰もがこの騒ぎを楽しんでいた。

フランキーの不満げな視線がエリーの顔に注がれた。「すまなかった」うわべだけの謝罪の言葉を残し、男は客の群れをかき分けて姿を消した。

「皆さん、ショーは終わりました」

ミスター・前腕(フオアアーム)が告げたものの、人々を追い払うには至らなかった。彼はつかんでいたエリーの腰を放した。そのとたん、彼女は体のバランスを崩してよろめいたが、再び腰に伸びてきた温かな手に支えられ、事なきを得た。

エリーが彼の顔を見るには、見上げなければならなかった。

獰猛(どうもう)な顔だち、漆黒の髪、白いシルクのシャツ、厳かな黒いマント、そしてどうしようもなく官能的な唇からのぞく牙から滴り落ちる血……。

もしや、私はたった今、百九十三センチの吸血鬼に救われたの？

「ドラキュラ？」エリーは思わずつぶやいた。

「よろしく」彼は官能的な唇をとがらせて応じた。

牙がきらきら輝き、彼女はその牙が首筋に食いこんで血を吸い出される光景を想像した。

「もう自力で立てるかな？」尋ねるその声には懸念がにじんでいたが、彼のヘーゼルナッツ色の瞳にちらつく金色の破片は何か違うことを物語っていた。

いいえ。「はい」エリーは答えながら、内心で震えていた。

彼の焼けつくような視線が彼女の衣装のボディスに注がれた。「ずぶ濡れだ」

「フランケンシュタインの……せいよ」エリーは口ごもった。彼の唇に笑みが宿るのを見て、体の中で何かがはじけた。

人々がまだ彼らを見守る中、エリーはびくびくしていた。フランケンシュタインの訴えでカーリーが飛んできて、首を宣告するかもしれない。六時間分の給料はもらえるのだろうか？

それでもエリーは、ドラキュラ伯爵の安定した抱擁に身をあずけ、胃のあたりにぬくもりが広がっていくのを感じた。

「なぜブラッドに手を上げたんだ？」

伯爵は何も知らずに私の救出に駆けつけてくれたらしい。「私のヒップに触ったから……」

「まったく、あの男ときたら……」彼の目に怒りの炎が燃え上がったが、その直後、あの金色の破片がまた輝いた。「きみはスコットランド人だろう？　スコットランドのどこの出身だ？　僕の友人のローマンの家族もスコットランドがルーツなんだ」

エリーは目を見開いた。長らく妹が行方不明になっているというローマン・フレイザーの話が出たことに驚いただけでなく、ドラキュラ伯爵が彼女の訛りに気づいたからだ。彼はとても観察力が鋭いようだ。そして、鋭いまなざしはエリーの下腹部に歓迎すべからざる影響を及ぼしていた。彼女が返事をする前にカーリーがやってきて、つかの間の魔法を解いた。

「ミスター・コスタ、申し訳ありません。事情はミスター・ラディソンから聞きました。ウエイトレスが彼に声をかけたそうです。ミズ・マクレガーはすぐに下がらせます」

コスタ？　エリーは肩をすくめて彼の腕から逃れた。この男性は、輝く鎧をまとった騎士でも、血まみれの牙を持つ騎士でもなく、私にこのばかげた衣装を着させた張本人だったのだ。

「きみの名前は？」彼はカーリーに尋ねた。

エリーの上司は、身につけている悪魔の衣装と同じ色――真紅に頬を染めた。「イベント・プランナー〈マリリン・ホルステン〉のスタッフマネージャー、カーリー・ジェムソンです」

彼の温かな手がエリーの肩にまわされた。「着替えができるよう、僕がミズ・マクレガーを連れていく。ずぶ濡れで凍えそうだし、ラディソンに暴行されたばかりだからな。彼女が僕たちを訴えずにいてくれたら、僕もきみもラッキーだ」冷ややかな口調はカーリーを凍りつかせた。「ミズ・マクレガーは今日はもうお役ご免だ。彼女の給料は倍にしてやってくれ」

彼の焼けるような視線がエリーの濡れそぼった服をかすめた。

「マリリンに、もしまた彼女を雇うことがあったら、接客係にあられもない服は着せないでほしいと伝えてくれ」

謝罪の言葉を口にするカーリーをよそに、コスタはエリーの腕をつかむと、人ごみをかき分けて階段をのぼり、ペントハウスの最上階に向かった。

エリーは下腹部のうずきを抑えるのに必死だった。

しかし、広大なリビングエリアに入るやいなや、いちばん奥のガラス張りの壁から見渡せるマンハッタンの夜景に息をのみ、ドラキュラの手から逃れた。

「ありがとうございます」エリーはつぶやいた。感謝の気持ちをさほど込めずに。

どうやら彼は私が解雇されないようにしたようだ。あのあられもない衣装のことも、彼は知らなかったらしい。けれど、パーティは彼が主催した。今夜の騒ぎの責任の一端は彼にある。

「出口を教えていただければ、今すぐ帰ります」

「ばかな。きみはずぶ濡れで、震えている」彼はいらだたしげに言った。「人心地つくまで、ここにいてくれ」

彼はエリーの手をつかんで持ち上げ、打撲した指の関節を調べた。その優しいしぐさは予想外で、むき出しの皮膚を見つめる彼の表情にはなまめかしさがあった。

「熱いシャワーを浴びてきてくれ。その間に僕は救急箱を捜してくる」彼はエリーの険しいまなざしにも動じることなく言った。「消毒が必要だ。クローゼットの中にスウェットがある。キャビネットには上等のスコッチがあるから、よかったらどうぞ」

「ここでシャワーを浴びるなんてできないわ、ミスター・コスタ」

「アレックスだ」コスタは彼女のほうを振り向いて言った。「あるいは、ドラキュラ伯爵でもいい」

「それで私がおもしろがるとでも?」エリーが今したいのは、一週間眠ることと、彼に見られるたびに生じる下腹部の不快な感覚を消すことだった。今の彼女に必要なのはジョークを言う億万長者ではない。

彼は眉根を寄せた。「いや」

「今すぐに帰ります」エリーは繰り返した。なぜこんなに眠いのだろう? それにとても寒い。震えが疲れた体を襲い始め、膝ががくがくした。

「迎えに来てくれる人はいるのか? 家で世話をしてくれる人は?」

エリーは首を横に振った。口の中が羊皮紙のようにかさかさだ。なんてハンサムな人だろう。それに、どうしてこんなに親切にしてくれるのかしら? 彼女はやっとの思いで答えた。「私、ニューヨークに着いたばかりなの」彼女はこみ上げる悲しみに耐えながら、なぜ見知らぬ男性にこんな個人的なことを打ち明けたのかといぶかった。

彼女は最後の力を振り絞り、彼から離れた。

くじけちゃだめよ、エリー。彼女は自分に言い聞かせて言葉を継いだ。「私は誰かに世話をしてもらう必要はないの。自分の世話は自分でできるから」

「もちろん、そうだろう」コスタはそう言って、たこのある温かな親指でエリーの頬をなぞった。「さあ、シャワーを浴びてくるんだ。もし僕が戻ったときに、震えがおさまっていたら、僕の運転手にきみの家まで送らせる。さもなければ、きみは朝までここから出られない。わかったかい?」

エリーは歯を食いしばった。痛む腕を濡れた衣装に巻きつけて言う。「いつ誰があなたを私の上司にしたのかしら？」

「今しがた、僕が決めた」コスタは傲慢な口調で言い放った。

もしエリーの怒りがすでに頂点に達していなければ、怒りはさらに募っただろう。フランケンシュタインに体を触られ、今度はドラキュラに拉致されるなんて！　悪夢はまだ続くの？

コスタに対するエリーの反応は、不気味なブラッドに対する反応よりもずっと不穏で予測不能だった。

「今夜、雇用契約にサインしたんだろう？」彼は続けた。「つまり、夜が明けるまでは、文字どおり僕がきみのボスというわけだ」

「私はウエイトレスとして雇われたんです」エリーは声を震わせながら反論した。「ペントハウスの隠れ家に閉じこめられるなんて、絶対にいや。しかも横柄なあなたに」

「諦めるんだな、ピクシー・ガール」

その愉快そうな口調と目の中にある称賛の色は、彼の驚くべき傲慢さと同じくらい腹立たしかった。

「もう大丈夫だと僕が確信するまで、きみはこのペントハウスから出られないのだから、楽しんだほうがいい」コスタは親指を彼女の顎に添えた。

そのささやかな感触がエリーの下腹部にまたも不穏な戦慄を走らせた。それ以上に厄介なのは、彼は私を利用したりしないという直感と共に、安全かつ安心という奇妙な感覚が生じたことだった。

「三十分で戻る。その間、くつろいでいてくれ」

さらにエリーは抗議の声をあげようとしたが、そのときにはすでにコスタは部屋から姿を消していた。

体の震えがようやくおさまり始め、エリーは靴を脱いでまめのできた足を解放し、柔らかな絨毯を素足で踏みしめた。それから飲み物のキャビネットに向かい、ハイランド地方で最高の酒造所がつくるシングルモルトのウイスキーをグラスに半分ほどついだ。ドラキュラはウイスキー通らしい。

エリーは前言を翻し、彼の勧めに従い、着替えることにした。いつまでも濡れた服を着ているのはさすがに気持ちが悪かったからだ。私がコスタのばかげたテストに合格したら、彼は速やかに私を解放しなければならない。もちろん、ここに監禁された時間に見合う給料をもらわなければ。

ウイスキーと憤りのおかげで活力を取り戻したエリーは、室内を探検し始めた。これほど豪華な住まいは見たことがない。おそらくここはゲストルームなのだろう。彼女はバスルームのドアに鍵をかけ、濡れた衣装を脱いだ。スペースシャトル顔負けの操作パネルに臆しながらも、試行錯誤のすえになんとか湯を出すのに成功すると、花崗岩(かこうがん)の壁に寄りかかって、熱く強力な噴流を全身に浴びた。

エリーは生き返った体にふわふわのタオルを巻きつけて寝室に戻り、巨大なウォークインクローゼットの中に入った。有名ブランドのスポーツウェアが丁寧にたたまれていくつも積み重ねられている。丈が膝まであるスウェットのジップアップトレーナーは、小妖精(エルフ)の衣装よりかなり控えめだった。続いて彼女はボクサーパンツと白いコットンの靴下をはいた。スウェットのパンツはいささか大きすぎた。

コスタのくだらないテストに合格すれば、スタッフルームで自分の服をもらえる。エリーはリビングエリアに戻り、革張りのソファに腰を下ろした。部屋の照明は落とされている。セントラルパークの向こう側にそびえ立つ摩天楼を眺めるうちに、酔いがまわってまぶたが垂れ下がってきた。

睡魔に負けて肘掛けに頭をあずけると、エリーはたちまち深い眠りに落ちていった。

2

アレックスは、ソファで熟睡しているスコットランドの怒れる妖精（ピクシー）を見下ろしながら、こんなことは初めてだと残念に思った。僕の家に来て、ベッドに入らずにソファでぐっすり眠った女性がかつていただろうか？

もっとも、彼女を口説くつもりはなかった。彼女はまだアレックスに雇われているだけでなく、試練を乗り越えたばかりだったからだ。さらに、彼には明日の朝一番にしなければならないことがあった。ブラッドフォード・ラディソン四世と彼の投資ファンドをマンハッタンから抹殺するのだ。

ブラッドは、エルドリッジ・プレップで奨学金をもらっていた頃のアレックスを地獄に突き落とした、権力を振りかざすろくでなしの一人だった。ブルーカラーの出身というだけの理由でアレックスは周囲から見下されていたが、ローマン・フレイザーだけは彼らに与（くみ）しなかった。

ブラッドがなぜハロウィーン舞踏会に招待されたのか、アレックスは知らなかった。二度とこんな手違いが起こらないようにしなくては。

イベント・プランナーの話では、名はエレノア・マクレガーだという。その彼女が小さないびきをかいているのを見ているうちに、アレックスの中に奇妙な喜びが生まれた。エレノアの右フックがブラッドの顎を打ち砕いたと思うと、愉快でたまらなかった。アレックスがペントハウスに連れてきたときも、彼女は血気盛んで、彼をにらんでいた。惨めな格好で寒さに震えていたにもかかわらず。

そして……僕をとりこにした。ハロウィーンの夜が僕の欲望に奇妙な作用を及ぼしたのだろう。

アレックスはこれまで、彼のことを傲慢でいやな男だと思っている女性に惹かれたためしはないし、誰かの世話を焼きたいと思ったこともなかった。それゆえ、彼女を泊めるという決断は信じがたいものだった。

彼は昔、家族、とりわけ母を守ろうとして失敗し、白馬の騎士精神を放棄した。

二十年前の悲惨なクリスマスの夜と、涙でぐしゃぐしゃになった母の顔を思い出し、アレックスは罪悪感に駆られ、顔をしかめた。

怒りに燃えるスコットランドのピクシーとブラッドがやり合っているのを見たとき、いったいなぜ捨てたはずの白馬の騎士精神が頭をもたげたんだ？

もちろん、僕はすぐに、悪いのはブラッドだと考え、因縁の相手を始末しようと思った。しかし、騒ぎがおさまったあと、給料を気前よく支払うように指示して、接客係のマネージャーにエレノアを引き渡すこともできたはずだ。彼女をここに連れてくるのではなく。

アレックスは首をかしげ、冷静にエレノアを観察しようと努めたが、先ほど彼女を見た瞬間に生まれた欲望が熱い脈動となって戻ってくるのを感じた。

なぜエレノアは今もまだ僕を興奮させるんだ？

色白の脚はヒップの下に押しこまれ、足にはアレックスのスポーツ用靴下をはいている。栗色のカールが繊細な顔を囲み、彼女には大きすぎるスウェットのトレーナーがほっそりとした体を隠していた。

それでも、欲望が減退することはなく、ドラキュラの衣装から着替えたジーンズの前が窮屈になった。

彼女はアレックスのことを傲慢でいやな男だと思っているようだった。しかし、彼はエレノアの目に興奮を認めていた。百戦錬磨の彼は女性が欲情しているかどうか簡単に見極めることができた。そして、彼女が彼と同じく性的な衝動にあらがう決意を固めているのに気づいて、興味をそそられた。

アレックスがまだ何者でもない頃でさえ、彼の意欲と野心、ブルーカラーという出自、そして彼が直そうと努力したブロンクス訛りは、ハイクラスの女性たちを大いに興奮させた。彼は最初のうちは喜んで応じていたが、資産形成が軌道に乗り出すと、相手を選ぶようになった。そのため、女性を振り向かせるスリルを味わうのは久しぶりだった。

とはいえ、エレノア・マクレガーはまだ埒外だった。たとえエレノアが彼の下で働いていなかったとしても、そして今夜ブラッドと衝突していなかったとしても。彼女の呼気から彼の最高のスコッチのビートの香りを嗅ぎ取ったからだ。それに、彼女に対してなぜか白馬の騎士めいた反応も生まれていた。

「朝までゆっくり眠れるように、客用の寝室に連れていこうか？」アレックスは声をかけた。

彼女はなんの反応も示さなかった。

「〝イエス〟と受け取るよ、エレノア」

アレックスは、片方の腕を彼女の膝の裏に、もう一方の腕を背中にまわし、ソファからすくい上げた。

エレノアは少し身じろぎをしてから彼の胸に頭をあずけた。シャンプーの柑橘系の香りと彼女の肌の清潔な香りがまざり合った匂いに鼻をくすぐられ、アレックスは緊張を覚えた。しかし、欲望の高まりは、保護意識をしのぐほどではなかった。

「うーん……」エレノアがうめき、スコッチの香りのする温かな吐息が彼の首筋を撫でた。

とたんに下腹部がこわばり、アレックスは胸の内で悪態をついた。これほど興奮したのは十代のとき以来だった。同じ時期、彼は自分が大切にしていたすべてのものから遠ざけられていた。

湧き起こった屈辱的な思いを押し殺しながら、アレックスは彼女を抱いて廊下に出た。だが、彼女を客用のスイートルームに連れていく代わりに、自分の寝室に入った。自分のベッドにエレノアを寝かせたいという衝動は抑えがたいものだった。たとえ一緒にベッドに入るつもりはなくても。

この衝動もまた、後日検証しなければならない、と彼は思った。

アレックスは上掛けを引き剥がし、彼女をベッドに寝かせた。ショーツの淡いブルーのコットンが豊かなヒップを覆い、ぶかぶかのボクサーパンツがずり落ちないよう紐(ひも)で固く結ばれている。

僕のピクシーは機知に富んでいる……。

僕のピクシー？　アレックスは両手で顔をこすり、ため息をついた。彼は間違いなく欲望を処理する必要があった。そして部屋を出る際、数年ぶりに自らの手で処理するしかないと思った。

3

誰かが鼻歌でも歌っているのかしら？　エリーはぱっと目を開けた。

そのハスキーな声に体がざわめき、彼女はベッドの上で身を起こした。

ここはどこ？　エリーは見慣れぬ部屋に目を凝らした。絶対に私が泊まっていたホステルではない。

豪華なインテリア、落ち着いた男性的な色合い、高価な敷物など、まるで雑誌で紹介されるような寝室で、エリーが着ているぶかぶかのスウェットのトレーナーには、高級スポーツブランドのロゴが入っている。いったい何が起きたの？

乱れた髪をかき上げたとたん、いっきに記憶がよみがえり、エリーはベッドに倒れこむように寝転がった。ハロウィーンをテーマにした高価なカクテルを凍えるような格好で何時間も運んでいたこと。高すぎるヒールでできた痛々しいまめ。フランケンシュタインにヒップを触られたこと。百九十三センチの長身と引き締まった筋肉、吸いこまれそうな暗い色の目、傲慢を絵に描いたような態度……。

鼻歌を歌っていたのは彼だったの？

エリーは巨大なベッドから飛び出した。少なくとも、昨夜のようなひどい疲れは感じない。彼女はシャワーを浴びたあと、着ていた服をちらりと見た。

彼の――アレックス・コスタの服だ。

ハミングがやみ、ウォークイン・クローゼットから物音が聞こえた。彼は着替えているの？

エリーは寝室の中央に立ちつくし、迷っていた。逃げようか、隠れようか、それともこの場にとどまって彼のベッドで寝ていた理由を問いただそうか。

彼女はしわくちゃのシーツを見つめた。私は彼と寝たの？　しかしそのとき、彼女は二つある枕のうち、一つはまったくへこんでいないことに気づいた。

エリーは髪をかきむしり、ゆうべのことを思い出そうとした。けれど、思い出せたのは、辛辣な笑みを浮かべた彼の顔と、ヘーゼルナッツ色の瞳に宿る輝きだけだった。

アドレナリンと欲望で頭が真っ白になった。昨夜と同じく。ただ一つわかっているのは、コスタと間違いを犯しはしなかったということだった。なぜなら、もし彼と体を重ねていたら、絶対に覚えているはずだからだ。なにしろ、これまで一度も男性とベッドを共にしたことがないのだから。

ところが、ほっとするどころか、エリーはなぜか失望感を覚えた。今感じているのは、夜通し夢の中で苛（さいな）まれていた気だるい熱だけだったから。強引で、横柄で、とても熱い男性が出てくる夢の中で。

「起きていたのか。気分はどうだ？」

不機嫌そうなその言葉に、エリーはぱっと顔を上げた。そして見事な裸の胸に目が釘づけになった。

ああ……。

さらに視線が筋肉の隆起の一つ一つをたどるにつれ、エリーの顎が緩んでいった。日焼けした肌は照明を浴びて黄金色に輝いている。短い巻き毛は、小さな褐色の乳首のまわりから見事に割れた腹筋を二等分するように細い線を描き、スウェットパンツの中に消えていった。

エリーの脚の付け根で生じた物憂げな熱がじりじりと上に広がり、頬のあたりで弾けた。

神さま、この男性は芸術品そのものです……。

「エレノア？」シックスパック、いや、エイトパックの胸の前で、彼が指を鳴らした。そして、指をくいと曲げた。「おいで」

唖然とするエリーの視線は昨夜の記憶にある破壊的な顔に向かった。

しかし、今朝はどこか違っていた。シャワーを浴びて湿った髪はもはや漆黒ではなく、深い茶色で、無造作に後ろに撫でつけられている。刃物のような鼻、ふっくらとした官能的な唇、髭に覆われた鋭い顎、刺すようなヘーゼルナッツのまなざしは愉快そうに輝いていた。

「元気か？」

彼は本当に私に尋ねたの？　エリーはすっかり混乱していた。「ええ……元気よ」

「本当に？」彼はさらに尋ねた。官能的な唇を曲げ、嘲るような笑みを浮かべて。

昨夜はエリーをいらだたせたその笑みが、今は興奮を呼び覚ましていた。

「きみの声はまだ震えている」

もちろん、震えているに決まっている。今にも体が自然発火しそうなんだから。エリーは唇を噛みしめた。「本当に、元気よ」今度は落ち着いた声を出せたことに、彼女は感謝した。

エリーはスコットランドの離島で育ったが、そこでは六十歳以下の男性一人あたり、五千頭の羊がいた。そして、両親は少々過保護だった。エリーは男性の寝室に入ったことすらなかった。これほど広くて豪華な寝室に入ったことも。

「ああ……わかった」彼は怪訝(けげん)そうに応じた。そしてエリーが困惑していると、彼は手にしていたTシャツを頭からかぶった。

「えっ」エリーの低いうめき声が部屋に響く。「だめよ！」

彼女は冒険を求めてはるばるニューヨークまでやってきたのに、その瞬間は、あの完璧な胸筋を眺めること以上の冒険を思いつかなかった。

「なんだって？　何がだめなんだ？」彼は低い声で愉快そうに尋ねた。

エリーの鎖骨に熱が広がった。からかわれているとわかっていたが、それでも、十代の頃に多くのトラブルに巻きこまれた無鉄砲さが頭をもたげ、彼女は大胆になった。「あなたの胸はとても美しい。もう少し眺めていてもいい？」

美しい？

アレックスは笑いをこらえるしかなかった。美しいと言われたのは、これが初めてだった。

彼女のまなざしに宿る熱と、率直なコメントによってかきたてられた欲情の凶暴なうねりに狼狽(ろうばい)しながら、彼はきき返した。「本気か？」

エレノアがまだベッドの上で丸くなってすやすや眠っているのを見つけたとき、アレックスは彼女が目を覚ます前に、いつものようにセントラルパークへ一時間のランニングに出かけるつもりでいた。彼が戻るまでに彼女が適切な報酬を受け取ってペントハウスから出ていくようスタッフに指示したあとで。

　昨夜はエレノアが欲しくてたまらなかったが、それは今も変わらない。一時的とはいえ、彼女は従業員だった。しかも、彼女の嫌味な態度の裏に真摯さと優しさを感じ取っていた。結局のところ、彼女はアレックスのタイプではなかった。彼は単純なデートを好み、相手はスマートで洗練されていて、あとくされのない女性を選んでいた。一方、この女性は……無邪気な雰囲気をまとい、いかにも傷つきやすそうに見えた。

　しかし、エレノアの視線が彼の顔に注がれたとき、アレックスはその目に欲望と興奮の輝きを見て取り、たちまち下腹部が熱く張りつめた。

「ええ」彼女のスコットランド訛りが、その一言をいっそう魅力的なものにした。

　今やアレックスは誰からも指図を受けることはないが、エレノアの頼み事には魅了され、興奮を覚えたばかりか、彼女の決意の裏にある不安を感じ取り、胸を激しく揺さぶられた。

　なるようになれ。

　アレックスがTシャツの裾を持ち上げて頭から脱ぐなり、彼女の目は再び彼の腹筋に釘づけになった。

　自分がいい体をしていることをアレックスは知っていた。彼の体を称賛した女性はエレノアが初めてではない。子供の頃は痩せ細っていた。とりわけ十四歳で身長がめきめきと伸びたときは。以来、彼は完璧な肉体を手に入れるために努力を重ねてきた。だが、彼女の熱い視線が再び彼の体に注がれたとき、これほどあからさまに憧れの目で見つめられたことはないと気づいた。

「満足したか？」アレックスは尋ねた。彼女の呼吸の荒さがおもしろくもあり、興奮させられもした。

　エレノアがうなずく。

　彼女に触れたいという衝動に駆られ、アレックスはTシャツを投げ捨てて近づいた。そして、エレノアの顎の下に指を添え、親指で下唇をなぞった。軽く触れただけで、彼女の口から鋭い吐息がもれ、ますます彼を興奮させた。

もしかして、エレノアは僕が彼女を求めているのと同じくらい、僕を求めていたのか？

お互いに惹かれ合っているのなら、この衝動に屈してもいいんじゃないか？　エレノアの生々しい欲求がなんであれ、彼女は見かけほど優しくて傷つきやすい女ではないのかもしれない。

アレックスが親指を彼女の鎖骨の脈打つ部分に押し当てた拍子に、だぶだぶのスウェットのジップアップトレーナーが肩からずり落ち、片方の胸の上部にそばかすが散っているのが見えた。

「きみは何歳なんだ？」尋ねたあとで、アレックスは自分が息を止めていたことに気づいた。

「二十一歳よ」

よかった、それなら完全に合法だ。そう思いながら彼は親指で胸のふくらみの上部をなぞった。軽く触れるよう自分に言い聞かせて。

「きみの番だよ」

アレックスが言うと、彼女はきき返した。

「何が？」

「スウェットを脱ぐんだ」

驚きとパニックと羞恥――さまざまな感情がエレノアの顔をよぎった。そして、みるみる頬が紅潮した。前夜、彼の目を見開かせた感嘆の念がよみがえる。この女性は演技賞に値する女優なのか、それとも僕が出会った中で最もうぶな女性なのか。

「でも、下は何も身につけていないの」

アレックスはにやりとした。「それで？」

次の瞬間、エレノアの目に決然とした表情が宿るのを見て、彼の欲望はいっきに高まった。しかし、彼女がスウェットをつかんで頭から引き抜いたとき、アレックスは驚いた。そのしぐさは誘うようでありながら、どこか果敢でもあった。新たなことに挑戦するかのように。これまでこんなことをしたためしはないかのように。

　ありえない。未経験の女性がこれほど魅力的になれるはずがない。

　今やすっかりあらわになった柔らかな胸のふくらみが揺れ、彼の下腹部をすさまじい欲望が直撃した。エレノアはすぐさまその美しい胸を隠すように腕を組んだ。

「隠すな」命じるアレックスの声はかすれ、かろうじて聞き取れる程度だった。「ずるいぞ」

　驚いたことに、彼女は素直に腕を下ろした。

「触れてもいいか」彼は尋ねた。

　沈黙が落ち、拒否されるとアレックスが確信したとき、彼女はつぶやいた。「ええ」

　安堵(あんど)のあまり、頭がくらくらした。もはや我慢も限界に達し、アレックスは身を乗り出して胸の頂に食らいついた。畏敬の念と必死さが相まって、うめき声をあげるのを抑えられなかった。エレノアの指が彼の髪に食いこみ、彼をひしと抱きしめる。

　アレックスが胸の頂を吸い、くわえ、苛むと、彼女は嗚咽(おえつ)をもらし、彼の欲望を極限まで刺激した。アドレナリンが放出され、下腹部がずきずきと痛みだす。彼は耐えきれずにスウェットパンツを脱ぎ捨て、巨大な欲望のあかしを解放した。

　そのとたんエレノアが息をのむのを見て、アレックスはためらった。

「いいのか？」彼女の中に我が身を沈めたいという衝動はすでに彼の自制心を打ち砕いていたにもかかわらず、アレックスはそのかけらをかき集めて尋ねた。彼は自分の大きさを知っていた。多くの女性たちがそれについてコメントしたが、たいていは称賛まじりだった。ところが、エレノアの驚きようには、明らかに怯(おび)えがまじっていた。

アレックスは返答を待っていた。気が変わったとエレノアが言えば、おそらく彼は死ぬだろう。それでも、引き返す準備はできていた。ところが、彼女は何も言わず、ただうなずいた。

たちまち彼の欲望は息を吹き返し、エレノアがはいている彼のボクサーパンツを腿まで引き下ろした。彼女がもらすあえぎ声がアレックスを駆りたてる。今やエレノアが身につけているのは、彼の白い靴下だけだった。なんとエロティックな眺めだろう。

アレックスは彼女の小さな体を包みこむようにして抱き、再び胸の頂を口に含みながら、脚の付け根に手を伸ばした。そして慎重に探った。そこは充分に潤っていて、彼を受け入れる準備ができていた。

彼の指が硬い突起をなぞると、エレノアは荒い息を吐き、もだえ始めた。悲鳴じみた叫びが彼の耳を打つ。

「これが好きなのか？」彼は自制心を失いつつあったが、まだ余裕があるふりをして愉快そうに尋ねた。

「ああ……ええ、ええ」エレノアはすすり泣いた。

彼の舌が脚の付け根に触れた瞬間、彼女は腰を振り、衝撃的なあえぎ声をあたりに響かせた。アレックスは彼女の脚を大きく開かせ、とがったつぼみを舌と指で容赦なくなぶった。エレノアはシーツの上でのたうち、泣き叫び、腰を激しく上下させた。

エレノアが絶頂を迎える最後の苦悶(くもん)の中で、彼は震える手でベッドサイドの棚から避妊具を取り出した。彼女はアレックスの下に横たわり、呆然(ぼうぜん)としてめくるめく快感に身を委ねていた。

避妊具を手早く装着すると、アレックスは彼女の腰をつかんで位置を調整し、ぐいと引き寄せた。もはや一刻も待てなかった。彼のあらゆる部分が、もう一度エレノアを絶頂へ導き、同時に自らの欲求を満たすことに集中した。

アレックスはゆっくりと事を進めるつもりだったが、両手で彼の肩をつかんだエレノアの顔に信頼の色が浮かんでいるのを見て、一思いに彼女を貫いた。

その瞬間、強い痛みが絶頂の余韻がつくりだした繭を完全に引き裂き、エリーは身をこわばらせた。

異変を察知したアレックスは動きを止め、顔をしかめて小さく悪態をついた。「大丈夫か？」

声を出せず、エリーはただうなずいた。彼に動いてもらい、体の締めつけを和らげてほしかった。彼女は至るところで彼を感じ、荒々しい高揚感と心もとなさに襲われていた。心臓が肋骨に激突する。肺はふいごのようにうねって、自分を取り戻すのに充分な空気を集めようとした。

エリーは征服され、烙印を押されたように感じた。すべての感情があまりに生々しく、あまりに現実的だった。

バージンの喪失は大したことではないと思っていた。でも、彼はどうして、私を興奮させるために何をするべきか、正確に知っていたのだろう？　そして、私はどうして、あんなに奔放に彼に身を任せてしまったの？　ほとんど面識のない男性に？　もしアレックスが、最初の絶頂で私がどれほど泣きたくなったか、そして今どれほど圧倒されているかを知ったら、私は屈辱に打ちのめされるだろう。

「本当にいいのか」アレックスは彼女の頬に手を添え、無理やり視線を合わせた。

エリーは息をのんだ。まだ衝撃から立ち直れていないことを気づかれるのがいやで、声を出すのが怖かった。そのため、彼女は再び無言でうなずいた。

それでもアレックスが動こうとせず、彼女の奥深くにとどまっていると、内なる筋肉は本能的に収縮し、彼をさらに奥へと引きずりこもうとした。

とたんに彼はうめき声をあげ、またも悪態をついた。「もう我慢できない。動いていいか?」

「ええ……」喉がからからになり、エリーはかすれた声でなんとか答えた。

彼がゆっくりと、けれど激しく抜き差しを始めると、恐るべき激しさで快感がよみがえり、彼女はあえいで彼にしがみついた。

アレックスはうなり声をあげ、着実に、容赦なく動きを加速した。その絶妙なリズムに、エリーは理性も正気もすべてをかなぐり捨てた。

彼がエリーの腰をつかみ回転させて、奥深くをかきまわす。痙攣が始まり、彼女はすさまじい快感に叫び声をあげた。

「そうだ、今度は一緒にのぼりつめるんだ」

悦楽の波がより激しく、猛烈な速さで押し寄せてきて、エリーはすすり泣いた。それでもアレックスは非情に攻め続けた。そして波がついに自らを解き放つやいなや、二つの叫び声が一つになり、部屋中に響き渡った。

その数秒後、アレックスは彼女の上に倒れこんだ。

エリーは自分の中にまだ大きくて硬い彼がいるのを感じながら、楽園をさまよっていた。

今のは、いったいなんだったんだ?

アレックスはエレノアの首筋に顔をうずめ、エロティックな香りを吸いこんだ。

彼の欲望のあかしは張りつめたまま、まだ彼女の中にあった。彼は疲れきったような、別次元に引きずりこまれたような、あまりに生々しい絶頂によって人生をひっくり返されたような気分に陥っていた。

ベッドに肘をついてエレノアの顔を見つめる。彼女は目をそらしたが、茫然自失の態だった。

彼女が自分と同じようにショックを受けているのがせめてもの慰めだ、とアレックスは思った。

ようやく彼が欲望のあかしを引き抜くと、エレノアは体を丸めた。最初の深い一突きに抱いた罪悪感がよみがえる。僕は女性に対していつも慎重だった。けれど、エレノアに対してはどうだった？　充分な注意を払っただろうか？

アレックスは彼女から下りてベッドに転がり、呼吸を整えて、湧き起こる新たな渇望を必死に抑えこもうとした。あれほどの快感を味わいながら、まだ物足りないというのか？

彼はこれまで、いいセックスをしてきた。情熱的で病みつきになるようなセックスを。しかし、エレノアとのセックスはそれらすべてを凌駕（りょうが）した。

何を言うべきか考えあぐねていると、エレノアが彼に背を向けたまま床からスウェットのトレーナーを拾い上げ、すばやく頭からかぶった。

羞恥の念がアレックスを襲った。

「もう行くわ」彼女は声を震わせて言ったあと、ベッドから下り、彼から借用したボクサーパンツを床からすくい上げてはいた。そして、顔をしかめているアレックスを肩越しにちらりと見た。「さようなら、ミスター・コスタ」

アレックスはベッドの端ににじり寄り、去りかけた彼女の手首をつかんだ。「ミスターだと？」声に皮肉めいた響きがにじむのを抑えられなかった。

彼はまだ避妊具をつけていた。そんな姿では、何か意味のあることを言うのは難しい。エレノアは僕から逃げようとしているのか、ファーストネームで呼ぶこともなく？

誰かに利用されていると感じたのは久しぶりだった。彼女はそれをやってのけたらしい。

「もう行くわ」エレノアは繰り返し、彼の手を振り払おうと手首をひねった。

「落ち着け、エレノア」アレックスは彼女の手首を握ったまま言い、シーツを腰に巻いてベッドから足を振り下ろした。半ば硬くなった欲望のあかしを見られたくなかったらだ。まだ彼女を求めていることを知られるのは、体裁が悪い。

アレックスはマットレスの端に座り、彼女のもう一方の手首もつかんで引き寄せた。

エレノアはもがいた。「放して」

「落ち着け、エレノア」アレックスは繰り返した。「今何が起こったのか話すまでは、どこにも行かせない」言いながらも彼はその言葉の不自然さに気づいていた。

僕はいつからセックスのあとに意味のある会話をするのが好きな男になったんだ？　これまでは一度もなかったのに、今回はその衝動を抑えることができない。というのも、今エレノアを行かせてしまったらもう二度と会えないと直感が告げているからだ。

「誰も私のことをエレノアなんて呼ばないわ、私の名前はエリーよ」

「わかった、エリー」アレックスは彼女をぎゅっと抱きしめた。

「放して」彼女は言った。「こんな――」

アレックスは遮った。「逃げないと約束するまではだめだ」

彼女はもがくのをやめ、彼をにらみつけた。「わかった、約束するわ」

アレックスは抱擁を解かざるをえなかった。

彼は長らく感じたことのない屈辱に苛まれ、いらいらと髪をかきむしった。

「まずはシャワーを浴びたらどうだ？」アレックスは時間稼ぎを承知で促した。この状況を自分なりに分析する必要に迫られていたからだ。

「あとでいい――」

「服を着ないと帰れない。僕の服で出ていくつもりなら別だが」

エレノアは赤面しながらも顎をぐいと上げ、その頑（かたく）なさをさらに強調した。彼女が帰りたがっているのは明らかだった。アレックスがそうさせなかったことで、状況はより複雑になっていた。セックスのあと、女性を追い出そうとするのではなく、とどまるよう説得するなど、まったく彼らしくなかった。

「わかったわ」彼女はそう言ってバスルームに向かった。

「どうしてそんなに急ぐんだ？」

バスルームの鍵が閉まる鋭い音に、その疑問はさらに大きくなった。

アレックスはシャワーの音を待ってから隣のバスルームに向かった。避妊具を取り除いたあと、ハウスキーピングのスタッフにゲスト用の服を探し、寝室のドアの外に置いておくようメールで指示する。それから、かつてないほど手早くシャワーを浴び、ジーンズとセーターを身につけて寝室に戻った。

シャワーの音はやんでいて、その代わりにバスルームで彼女が動きまわる音が聞こえた。

アレックスは窓辺に行ってシェードを上げた。彼女が戻ってきたときにその姿がよく見えるように。それからベッドに戻り、座って待つことにした。

だが、上掛けをめくった瞬間、白いシーツに赤茶色の染みを見つけ、彼は凍りついた。

生理中だったのか？　その無邪気な説明が思い浮かんだのも一瞬だった。中に入ったときの締めつけの強さと彼女の緊張ぶりがよみがえったからだ。

後ろめたさが大波となってアレックスの胸に押し寄せた。同時に恥知らずな欲望も襲ってきた。さらに昨夜、彼を混乱させた保護欲も。とはいえ、最も彼を苦しめたのは責任感だった。

そして突然、憤りを覚えた。

エレノア・マクレガーは、なぜバージンであることを僕に告げなかったんだ？　そして、僕に純潔を捧(ささ)げることで何を得ようとしたんだ？

4

バスルームのドアをたたく音に、エリーは文字どおり飛び上がった。

「僕はきみのものを持っている。欲しいのであれば、次の千年紀（ミレニアム）までにドアを開けなければならない」

エリーは鏡に映った自分を見て顔をしかめた。焦燥感に満ちたハスキーな声は彼女から落ち着きを奪った。顔から首筋にかけて赤みが広がり、髭（ひげ）でこすれて赤くなった頬を際立たせた。

「そんなにも長くここにいないわ」彼女は言い返した。バスルームに逃げこんでからもう三十分もたっている。あいにく、熱いシャワーを浴びたにもかかわらず、体の震えはおさまっていなかった。

初めての体験が、どうしてこんなにもすてきで、こんなにも圧倒的だったのだろう？　そして、なぜ彼が望んだ話し合いをせずにここに逃げこんだのだろう？　後者の問いの答えはわかっていた。話したくなかったからだ。

自分が何者で、何を望んでいるのか、これまで抱いていた思いから、エリーは切り離されたように感じた。つかの間とはいえ、自分がなれるかもしれない女性の姿を、アレックス・コスタが見せてくれたせいで。けれど、そんな女性になりたいとは思わなかった。すべてが混乱していた。そして、彼がすべての原因であるにもかかわらず、彼と話したくなかった。話せば、さらに事態が悪化するとわかっていたからだ。唯一の救いは、彼女がバージンだったことにアレックスが気づいていないことだった。

またノックの音が響いた。今度は強く。

「まだそこにいるのか？　それとも窓から飛び降り

たのか？」

おもしろい。この人はコメディアンだ。

エリーはため息をついて大理石のタイルの上を横切り、ドアを少し開けて手を差し出した。「着替えをいただけるかしら？」精いっぱい礼儀正しく言う。

「もちろんだ」アレックスは差し出された手のひらに彼女の服をのせた。「朝食は少し前に届いていて、化石になり始めている。着替えたら、すぐにリビングエリアに来てくれ」

エリーは服を胸に抱えてドアを閉めた。

着るのに時間がかかったのは、彼を待たせるためだけでなく、最初に身につけたＴバックとレースのブラジャーが、この一時間でかなり意識するようになった場所を刺激したせいだった。

ジーンズと靴下をはき、Ｔシャツとパーカーを身につけると、エリーはようやく人間らしさを取り戻した気がした。自分らしさを。


もしファンデーションがあれば、彼のキスの痕跡を隠せるのに。あるいは、乱れほうだいの髪を整えるブラシがあれば……。

十分後、エリーは隠れ家から飛び出した。

寝室に人の気配はなく、彼女は安堵(あんど)すると同時に失望感に襲われ、ばかばかしいと自戒した。

エリーはベッドの横にブーツを見つけた。近くのドレッサーの上にはバックパックが置かれている。ブーツを履き、バックパックを肩にかけながら、このまま外に出ることができるだろうかと思案した。けれど、前の晩に彼が連れてきてくれた階段に向かうなり、廊下に涼しげな声が響いた。

「エレノア、迷子になったのかい？」

振り向くと、アレックスがリビングに続くアーチにもたれていた。

万事休す。

エリーの心臓は喉元までせり上がり、顔がかっと熱くなった。ダッシュすれば逃げられるかもしれないが、逃げるのを見越しているかのようなアレックスの態度が腹立たしく、覚悟を決めた。

私はいつからこんな臆病者になってしまったの？

エリーは顎を上げ、アレックスのほうへ向かうと、彼は体の向きを変えて部屋に入った。

二層吹き抜けのリビングエリアに入ると、セントラルパークが一望でき、秋のさわやかな日差しが遠くの高層ビルを照らしていた。

カシミアのセーターに黒のジーンズという格好のアレックスに見つめられたとたん、エリーの腕に鳥肌が立った。彼は豪華な朝食の並んだテーブルからコーヒーポットを取り上げた。「コーヒーは？」

その何気ない問いに、エリーは胸を締めつけられた。私がコーヒーを飲まないことも、濃い紅茶を好むことも知らなかった男性に、どうして純潔を捧げたりしたの？

両親はきっと私を恥じるだろう。とても静かで、現実的で、堅実な生活を送っていた両親は、娘にもそうしてほしいと願っていた。私は両親の過保護ぶりに嫌気が差し、放浪癖や脱出願望をしだいに抑えきれなくなっていった。そして今、私はモイラから離れ、ここニューヨークで自由に溌剌と生きるという夢に向かって歩きだしている。けれど、自分で思っていたほど、私は聡明でも勇敢でもなかった……。

こみ上げる悲しみと恥ずかしさを押し殺し、エリーは言った。「ミルクと砂糖を二つ」この話し合いを乗りきるにはカフェインが必要だと判断したのだ。

アレックスはコーヒーをカップにつぎ、ミルクと砂糖を入れてから、テーブルに置いた。

「こっちに来ないと、飲めないよ」

エリーが歩きだすと、彼は自分のカップを取り上げて口に運んだ。カップの縁越しに彼女を見ながら。

テーブルについてカップを手に取ったエリーに、

アレックスはおもむろに尋ねた。「なぜ未経験だと言わなかったんだ？」

彼女は慌て、震える手でカップを戻した。「どうして？　どうしてわかったの？」

「とにかく、わかったんだ」

そのぶっきらぼうな口調に、エリーははっとした。彼は怒っているの？　なぜ？

「きみはまだ僕の質問に答えていない」アレックスは続けた。その険を帯びた表情が彼女をさらに混乱させた。

エリーには彼をだますつもりはなかった。快感の高波に襲われていたせいもあったが、伝える気もしなかった。もしバージンであることを告げれば、ますますアレックスが優位に立つからだ。それでなくても、彼はすでに充分な力を持っていた。

「重要なことだとは思わなかったからよ」エリーはなんとか答えた。嘘ではなかった。彼女は常々、バージンであることと自分の人間性は無関係だと考えていた。だって、そうでしょう？　もし私がモイラではなく都会で育っていたら、普通のティーンエイジャーのように、もっと早くバージンを失っていたに違いない。

「バージンだと言ってくれれば、僕はきみに触れなかっただろう」

エリーは固まった。彼の非難がましいまなざしは多くの点で間違っている。そう思ったとたん、彼女の中で怒りが燃え上がった。

「私はもう無垢ではないのだから、心配には及ばないわ」エリーは声を荒らげた。アレックスはいったい何を言っているのだろう。私が彼にバージンを奪うよう仕向けたとでも？　なんのために？　髭のせいで今あちこちに痛みを感じているのは私であり、彼じゃない！「それに、私を侮辱するためにここにとどまらせたのなら、地獄に落ちるがいいわ！」

エリーはさっと体の向きを変え、ペントハウスを出ていこうとした。

「違う」アレックスはたった二歩で彼女をつかまえた。「きみは僕をだまし、僕が望む以上に深入りさせた。その理由を知りたいだけだ」

「だました？」その不当な非難に驚き、エリーは言葉を失った。

「そんなに驚くな。きみは僕に責任を感じてほしかった。そして今、僕は責任を感じている。つまりきみの仕事は終わったわけだ。その対価としてきみは何を得るつもりなんだ？」

「あなたにはなんの責任もない」エリーは二の腕を彼の胸に当てて押しのけようとした。しかし、それは煉瓦の壁を押すのに等しかった。「バージンだったのは私の個人的問題であって、あなたとはなんの関わりもないの」

「いや、そうはいかない」アレックスはそう言って、彼女の顎をつかんで顔を寄せた。

しかし、エリーが彼の手を振り払おうとした瞬間、彼の顔から血の気が引いた。そして悪態をつき、ふいに手を離したので、エリーは面食らった。

「その左目は……」アレックスはつぶやき、まるで彼女の頭に角が生えたかのように凝視した。「きみも彼らの同類なわけか」

「彼ら？　いったいなんのこと？」

彼はもういらだってはおらず、むしろ呆然としているように見えた。でも、なぜ彼は衝撃を受けているの、私の左目の虹彩に宿る茶色の斑点を見て？

「そうか、ローマンに紹介してほしいんだな？」アレックスは髪を無造作にかき上げた。「僕に身を投げ出してバージンを奪わせれば、僕とローマンを丸めこんで、妹だと信じこませることができると考えた。そうだろう？」

「何を言っているのか、さっぱりわからない」エリーは憤慨し、なお悪いことに無防備な気分に陥っていた。アレックスの非難がなんであれ、彼はそのことで私を軽蔑している……。

「僕をだまそうとしたのはきみが初めてではない。だが、僕はきみがいい線まで行ったことを認めなければならない。なにしろきみは僕が朝までベッドを共にした最初の女性だ。純潔を捧げるというのは天才的な一撃だった」

　エリーは動揺し、彼が何を言っているのか理解しようともがいた。

「いくら欲しいんだ？」

「何を言っているの？」エリーはアレックスから離れた。彼は明らかに頭がおかしい。

「どれくらい出せば、ローマンを放っておいてくれるんだ？」

　愚かにも涙が目をちくちく刺し、エリーはかぶりを振った。

　アレックスはポケットから財布を取り出し、札を数えてから彼女に突きつけた。「五百ドルある。受け取ってくれ。さらにもう五千ドル送金してやろう。きみにはそれだけの価値がある」

　あまりの屈辱にわななきながら、エリーは札束を見つめた。「このろくでなし」そうささやくなり彼に背中を向け、走りだした。涙がこぼれないうちに。

「五千五百ドルが僕の最終提示額だ」残酷な叫び声が彼女を廊下まで追いかけた。

　エリーはアレックス・コスタを憎んだ。それ以上に、自分自身を憎んだ。彼が何を考えているのか、一瞬でも気にした自分を。

5

感謝祭の前日

「今すぐバーを閉めて、片づけにかかったらどう、ハニー？」

ここはスタテン島にある〈サリーズ・バー〉。午後の日差しが当たるカウンター越しに、エリーは顔を上げた。彼女の新しいボス、ベサニー・サリバンは、一カ月ほど前にアレックス・コスタのペントハウスでスタートを切ったアメリカでの悲惨な大冒険からエリーを救ってくれた女性だった。

「でも、まだ三時ですよ」エリーはカウンターの下にある食洗機からグラスを取り出しながら応じた。

「エリー、明日は感謝祭よ。私は週末を孫たちと過ごすために、今夜フィラデルフィアに行くの」

アレックス・コスタのペントハウスを泣きながら飛び出した日、エリーは気まぐれにスタテン島行きのフェリーに乗った。その壁に貼られていた〈サリーズ・バー〉の〝求む、アルバイト〟のちらしが唯一の救いとなった。

あの朝のことを思い出すたび、エリーは屈辱感に打ちのめされた。アレックス・コスタには二度と会いたくない。なのに、体は彼を求めていた。

アレックスは、私がしてもいないことで、私を責めた。なのに、なぜ彼のことが忘れられないの？

私がお金目当てで行方不明のローマン・フレイザーの妹になりすまそうとしたと、彼は本気で思っているのだろうか。十年前に姿を消した妹の捜索が、アレックスの友人にとってトラウマになっていることは理解できる。誰だって詐欺に遭うのはいやなものだ。希望を抱かせられたあとで裏切られるのも。

だけど、そのことが私にどう関係するというの？

　とはいえ、エリーがいちばんいやだったのは、アレックス・コスタの偏執的な非難に深く傷ついたという事実だった。

「ハニー、感謝祭にどこか行くあてはあるの？」

　ベサニーがエリーの物思いに割って入った。

「いいえ。でも大丈夫です、気にしないで」

　ベサニーが反論しようと口を開いたとき、ヘリコプターの飛行音が耳をつんざかんばかりに大きくなった。「何事かしら？」彼女はそうつぶやき、裏口のドアに向かった。

　ベサニーに続いて裏口から外に出たとたん、エリーは突風に吹き飛ばされそうになった。今まさに裏の空き地に黒の巨大なヘリコプターが降り立ったところだった。ドアが開き、プロペラの動きが緩やかになるにつれ、轟音は鳴りを潜めた。どこからともなく人々が集まってきて、成り行きを見守っている。

　救難ヘリには見えない。側面のロゴ――金色に輝く〝C〟と〝T〟を重ねたマークに、エリーはなんとなく見覚えがあった。

　筋肉質の体に完璧にフィットしたデザイナーズ・ビジネススーツに身を包んだ長身の男性がヘリコプターのステップを下りてくると、ベサニーが言った。

「彼が誰であろうと、あの最高級のスーツが似合っているのは確かね」

　男性が風にあおられたウェーブのかかった髪を手で押さえながら二人に向かって歩いてきた瞬間、エリーの全身に稲妻のような衝撃が走った。

　アレックス・コスタ。

　エリーはよろめき、バーの裏口のドアに鈍い音を立ててぶつかった。

「大丈夫、ハニー？」ベサニーの声ははるか遠くから聞こえてくるようだった。「顔色が真っ青よ」

エリーは言葉を失い、近づいてくる人影をひたすら見すえた。夢を見ているのよ、エリー。彼女は自分に言い聞かせた。目を覚まして。

しかし、手足が蜜に包まれたような感覚に襲われ、動くことができなかった。アレックス・コスタはエリーを楽園に連れていったあとで札束を差し出し、自尊心を粉々に打ち砕いた。その衝撃と屈辱が彼女の胸に大きな穴をうがった。その穴をエリーは一カ月近くかけて埋め戻そうと努めてきた。

今、彼の頭が上がり、ヘーゼルナッツ色の瞳が彼女の顔をとらえた。

ベサニーが何か言っている。ヘリコプターの騒音はやんだのに、エリーには何も聞こえていなかった。そして、アレックスが一メートル先で止まると、彼女は最悪の悪夢に全神経を集中させた。

「こんにちは、エレノア」

その荒々しいつぶやきが、彼女が押し殺したと思っていた焼けつくような熱を呼び覚ました。

「ここで何をしているの？」エリーはまだ、これは恐ろしい夢ではないかと疑っていた。

アレックスは目を細くして視線を強めた。「謝りに来たんだ、きみにひどい仕打ちをしたことを」

エリーは緊張し、驚きを無視しようと必死になった。アレックスの目には誠実そのものの光が宿っている。とはいえ、彼が謝罪のためにここまでヘリコプターを飛ばしてきたと信じたわけではなかった。今起きていることのすべてが完全に狂っているとしか思えないからだ。にもかかわらず、彼女の胸にはぬくもりが広がった。

「それと」彼は言葉を継いだ。「感謝祭の週末にアディロンダックスにある僕の家に招待するために」

「ああ、そう。じゃあ、その謝罪の言葉を日陰の土の中に埋めたらどうかしら？」エリーは辛辣に言った。自尊心を打ち砕かれ、ぽっかりとあいた穴を隠すのに一役買ってくれた怒りに感謝する。「ついでに、招待状もそこに埋めるといいわ。私は、焼きたてのピーカンパイにホイップクリームとチェリーをのせたような人と感謝祭を過ごしたりしないから」

アレックスの口元がゆがんだ――魅力的な半笑いに。とたんに、裏切り者の体がかっと熱くなる。

「ホイップクリーム?」彼がつぶやく。「僕の胸についたクリームを舐めてみないか? それで納得してくれ」

「ああ、煩わしい、このろくでなし!」エリーは声を荒らげ、バーの中に戻った。怒りが燃え上がっているにもかかわらず、感情を爆発させなかったことに我ながら驚きながらも、腹部の底を突き上げる熱にいらだちを覚えた。

エリーはアレックスを憎んでいた。彼の裸の胸などと二度と見たくない。たとえそれがホイップクリームで覆われていたとしても。

怒っているときの彼女は本当にすばらしい。アレックスは、下腹部に鈍い痛みが走るのを感じた。この三週間ですっかりなじんだ痛みが。

ドアが乱暴に閉まるまで、アレックスの視線はエレノアの後ろ姿に釘づけだった。彼の言動にまだ腹を立てている彼女を責める気にはなれなかった。なにしろ、過剰に反応してしまい、エレノアを汚物のように扱い、侮辱したのだから。

その後、アレックスは一週間以上にわたって不機嫌になり、自分の愚かな振る舞いを恥じながらも、エレノアは金を受け取りに戻ってくると確信していた。しかしさらに一週間がたっても、彼女が現れることはなく、アレックスは彼女を忘れようと決めたものの、思うに任せなかった。そして毎朝、下腹部の鈍い痛みと共に目を覚まし、彼女との間で起きたことを逐一検証するうちに、自分が間違っていたことを認めざるをえなかった。

完全に間違っていた。

アレックスは当初、自分の愚かな行動を親友のローマンを守るという使命感のせいにしようとした。しかし実のところ、そんなのは嘘っぱちだった。すべてはあの朝、エレノア・マクレガーが彼に与えた驚くべき影響に関係していた。

彼女はアレックスを狂わせた。女性関係においては常に主導権を握っていた男を。だから、彼はその痛みを消すためにエレノアに牙をむいたのだ。

だが、痛みは消えず、エレノアに魅了されたのはすべてセックスのせいだと、アレックスは悟った。

全身が燃え上がるような一体感を得たのは初めてで、あんなにも素直に応えてくれる女性も初めてだった。しかも彼女はバージンだった。

エレノアとの極上のセックスにもいつかは飽きが来るだろうが、それは今ではない。感謝祭の週末にたっぷりと彼女を賞味すれば、一石二鳥だ。一カ月前に起こった出来事を書き換えることができるし、いつも退屈だと感じていた週末の休暇を乗りきる助けにもなる。感謝祭の休暇を家族と過ごす気はさらさらなかった。

そこで、アレックスは探偵を雇って彼女の行方を追わせ、住所がわかるやいなや、会社で所有するヘリコプターでスタテン島に向かったのだった。

しかし、連れ去る前に、エレノアに詫びる必要があった。めったに謝ったことはないが、しかたがない。ハロウィーンの翌朝、あんな態度をとったのだから。

「あなたはアレックス・コスタね？」エリーと並んで立っていた年配の女性が、不思議そうな顔をして尋ねた。「理想的な独身男性のランキングに写真付きで載っているのを見たわ。今年もローマン・フレイザーとトップを争っていたでしょう」

「ローマンが勝ちました」アレックスはぶっきらぼうに応じた。彼はそのランキングが大嫌いだった。それに、独身貴族でもない。彼は結婚に失敗した男たちの家系に連なっていた。

ローマンに今年のトップの座を奪われたのも気に食わなかった。あんなランキングはばかばかしいと思っているものの、何事においても二位になるのはおもしろくないからだ。

「それで、あなたは?」アレックスは意図的に話題を変えた。もしかしたら、エレノアとの仲直りのきっかけを与えてくれるかもしれないと期待して。

「エリーの雇い主、ベサニー・サリバン。今あなたが降り立った土地は私の所有地よ」

「いくらお支払いすればいいんでしょう?」

「勘弁して、大男さん。あなたのお金に興味はないわ」彼女は侮辱されたかのように憤然とした。「あなたが私の土地に降り立つのを見るのは、夫が亡くなって以来、最も興奮した出来事よ」

その言葉に、アレックスは久しぶりに笑い声をあげた。彼はベサニー・サリバンを気に入った。

彼女の目が細められ、表情が硬くなる。「それで、どうしてエリーのことを知っているの?」

「長い話になりますが?」アレックスは質問で応じた。彼は自分が英雄でないことを知っていた。英雄どころか、エリーの純潔を奪った挙げ句、娼婦のように扱った悪党の億万長者だ。

「その話を聞く時間があればいいのだけれど」ベサニーは言い、抜け目のない目が剃刀のように鋭くなった。「実は休暇による渋滞が始まる前に高速道でフィラデルフィアに行かなくちゃならないの」

「感謝祭の間はバーを閉めるのですか?」

ベサニーはうなずいた。「ええ」

それで、エレノアは困っているのだろうか。スタテン島で一人で過ごすよりも、湖畔にある僕の家で一緒に過ごすほうが望ましいはずだ。事実、彼女の目には隠しきれない欲望が浮かんでいた。

「エリーは休むべきよ」彼の胸中を読んだかのようにベサニーが言葉を継いだ。「十一月一日に雇って以来、彼女は毎日二交代勤務で働き続けだから」

アレックスは顔をしかめ、罪悪感で胸を締めつけられた。四週間前に二秒間考えていれば、エレノアにそんな働き方はふさわしくないとわかっただろう。

「僕は彼女の暮らしぶりを変えようと思っているんです」アレックスはなんとしても彼女を週末に連れ出そうと改めて決意した。

エレノアが欲しいというだけでなく、彼女には借りがある。あの夜、僕はいつものスマートさとはほど遠いやり方で、エレノアをセックスへと誘った。今度はもっと丁寧に事を進め、二人の希有な相性のよさを確かめ合い、存分に楽しむのだ。

「ええ、あなたがエリーを誘ったのは聞いたわ。彼女の気持ちを変えるためには聴衆なしでもう一度試したら？　私はかまわないわよ」

「ありがたい」アレックスは感謝したが、意外にもベサニーに行く手を阻まれた。

「ちょっと待って」彼女はぴしゃりと言った。「もし彼女が〝イエス〟と言ったら、今度は彼女をきちんと扱うって約束して」

アレックスは以前、約束を破ったことがあった。彼は冷酷なまでの目標達成主義者で、欲しいものを手に入れるためなら、なんでもする。しかし、ベサニーの険しい表情には、バーの中に入った女性のことを思い出させるものがあった。彼は四週間前、知らず知らず彼女を傷つけていた。そしてベサニーに約束したとき、今度こそ約束を守り、エレノア・マクレガーに極上の感謝祭を贈ろうと静かに誓った。

6

カウンターの化粧板を拭いていたとき、エリーは裏口のドアが閉まる音を聞いた。ヘリコプターの飛び立つ音はまだ聞こえていないが、ベサニーがアレックス・コスタをあしらい、戻ってきたのだろう。

けれど、ボスが何も言わないので、エリーは自ら切りだした。「ベス、私にかまわず、どうぞ出発して――」

「ベスじゃない」ハスキーな声が遮った。「彼女はフィラデルフィアに発ったよ」

エリーはさっと振り向いた。

彼は一メートルも離れていないところに立っていた。カウンターにもたれ、両手をポケットに突っこんで。まるでこの店の主であるかのようにリラックスしている。

エリーは手にしていた布巾を放った。「あなたにも、あなたのものにも興味はない――」

「ああ、わかったよ、エレノア」アレックスはポケットから手を出し、手のひらを上に向けた。「怒って当然だ。僕はひどいことをした。だが、少しでいいから、弁明するチャンスをくれないかな？」

エリーはそんなものを与えたくなかった。というのも、彼がそばにいることで、鳥肌が立ち、下腹部が熱くなったからだ。けれど、傲慢さは影をひそめ、表情から察するに、彼は明らかに悔いていた。

彼女は鳥肌と下腹部の熱を無視し、再び布巾を手に取って化粧板の汚れをこすり落とすことに集中した。「わかったわ、話して。でも、私が仕事を終えるまでの間よ」エリーは疲れた様子で言った。

エリーががむと、彼はカウンター越しに身を乗り出した。その瞬間、ベルガモットのコロンと柑橘系の石鹸の香りが彼女の鼻をくすぐった。そしてエリーが抗議の声をあげる前に、彼女から布巾を取り上げた。

「きみは座ってリラックスして、僕の話を聞いていてほしい。テーブルを拭くのは僕に任せてくれ」

その横柄な言動にエリーは顔をしかめたものの、布巾を奪い取らない限り、選択の余地はなかった。

「あなたにテーブル拭きができるの？」彼女は軽蔑を隠そうともせずに言った。

「ああ」彼はジャケットを脱ぎながら答えた。「僕はバーで働きながらマサチューセッツ工科大学を卒業したんだ」

「MITを？　技術オタクには見えないけれど」

「それはきみが見ていないからだろう、僕が眼鏡をかけているところを」アレックスは高価なシャツの袖をまくり上げ、毛深くて力強い二の腕を見せながら苦笑した。

「眼鏡をかけているの？」エリーはその姿がどんなにセクシーか想像しないよう努めながら尋ねた。

「技術オタクがいかにセクシーかを女性に証明しようとするときだけだが」

エリーは思わず笑いをこらえ、そしてすぐに顔をしかめた。彼は魅力を全開しているが、後悔の念は今もまだその目の中に確かにあった。

アレックスが仕事に取りかかると、彼女はバーのスツールに腰を落ち着けながらも、オーダーメイドのシャツの下でたわむ彼のたくましい肩から目をそらすのに必死だった。

彼がバーのテーブルの一つ一つを効率よく拭いている間、エリーは一歩も譲るまいと決意してじっと待っていた。彼は私を傷つけた……。

数分後、アレックスは椅子をテーブルの上に積み上げながらついに沈黙を破った。

「きみの目に分節状虹彩異色症を見つけたとき、きみとはなんの関係もないいやな記憶がよみがえったんだ」アレックスはあの朝ペントハウスで発見したエリーの目の異状について語り始めた。「十年前、多くの人が十一歳の娘をローマンの妹だと言って連れてきた。だが、同じ突然変異を持っていたのは一人きりだった」

彼は椅子を積み上げる前に立ち止まって背筋を伸ばした。そして怒りと悲しみが入りまじった重々しい声で続けた。

「ローマンはその子がエロイーズだと確信していた。DNA鑑定さえ不要だと断言するほどに。エロイーズの失踪に、彼は常に罪悪感を抱えていたんだと思う。どうにかして妹を救い、所在不明になるのを食い止めるべきだった、と。彼は意識を断続的に失っていたせいで、何が起きたのかさえ思い出せなかった」

「そんなばかな」エリーは話に夢中になった。アレックスへの怒りが消えていく。エロイーズの捜索が行きづまったことに罪悪感を抱いているのは、ローマンだけではなさそうだ。「そのとき彼はまだ十歳だったんでしょう?」

アレックスは椅子を積み上げる手を止め、彼女を凝視した。「じゃあ、詳細を知っているのか?」

彼の口調の鋭さに怒りがよみがえる。「ええ、知っているわ。あなたが私を汚物のように扱ったあと、インターネットで調べたの」

「そうか」

彼がうなずくと同時にいぶかしげな表情は消え、エリーの肩から力が抜けた。アレックス・コスタとローマンは学生時代からの親友だった。友人の打ちひしがれた姿を見るのはつらかったに違いない。

アレックスは肩をすくめ、椅子を積み上げる作業を再開した。「その時点では、エロイーズの目の色の変異に関する情報がウェブ上で喧伝されていることは知らなかった。ローマンが雇った探偵の一人がリークしたんだ」彼は荒い息をついた。「結局、母親が娘にコンタクトレンズをつけさせたことがわかり、僕はローマンにＤＮＡ鑑定を受けるよう勧めた。結果が出たとき、彼は絶句した。だが僕が思うに、彼は幸運にも難を逃れたんだ」両手で顔をこすって続ける。「彼の妹は死んだに違いないということで衆目の意見が一致したことで、ローマンは自暴自棄になり、酒とパーティ三昧の暮らしに走った。それを乗り越えるのにかなり時間がかかった」

アレックスは椅子を積み終え、エリーのほうに顔を向けた。

「あの夜、きみの虹彩の変異を見て、残念なエピソードがよみがえったんだ。きみはローマンの妹と同じくらいの年齢で、しかもスコットランド人だから。それに、きみのバージンを奪ったことを後悔していたこともあり、つい過剰に反応してしまったんだ。本当にすまなかった。どうか信じてくれ」

「ええ……信じるわ」エリーの喉がつまった。

彼女はアレックスの誠意を疑わなかった。けれど、彼の謝罪をどう受け止めたらいいのかはまったくわからなかった。あるいは、バージンだったことに言及されたときの、胸の不快な締めつけについても。

アレックスが言った。「モップはあるかな？　床を拭きたいんだ」

その申し出は、彼のような権力と影響力、そして莫大な富を持つ人間にはまったくもって不釣り合いだった。「本気？」

「もちろんだ」

彼の黒い瞳の輝きがエリーの胸を高鳴らせた。

だめよ、エリー。またあの魅力に屈してはだめよ。

彼女はすばやくスツールから降り、何かすることはないかと食器棚に向かった。「来てくれて、そして謝ってくれて、ありがとう。あなたがパニックに陥った理由がわかったわ」バージンのことはともかく、と胸の内でつけ加える。「さて、私はこっちに取りかかるわ……」彼女はバケツを持ってそこに洗剤を入れ、蛇口をひねった。

しかしそのとき、アレックスが足早に近づいてきてその大きな体で彼女を背後から包みこんだ。たくましい胸が背中に温かい。彼はエリーの横から身を乗り出して水を止めた。そして彼女の手からバケツを取り上げた。エリーはまたも、彼の芳(かぐわ)しい香りを胸いっぱいに吸いこんだ。

エリーはバケツに手を伸ばした。「本当に、もう大丈夫だから、あなたは帰って」

アレックスは彼女の手の届かないところにバケツを置いた。「これでいいんだ、エレノア」

彼女は身を震わせた。自分の名前――アレックス以外には誰も使わない名前が彼の舌にのせられると、なぜかたまらなくエロティックだった。

鳥肌が立つ前に、エリーは彼の舌が彼女にしたほかのことを忘れようとした。

「感謝祭のセックス目的の誘いの電話(ブーティコール)に、あとどれだけ時間を費やせばいいのかな？」

また笑いがこみ上げ、エリーはとっさに口元に手を当てたが、遅すぎた。アレックスの目は、相手の抵抗を見透かした捕食者のような輝きを帯びていた。

「まったく救いようのない人ね」エリーはそう言いながらも、息苦しくてたまらなかった。

「率直さが僕の長所だと言われたことがある」

彼が浮かべた破壊力抜群の笑みは、エリーの体を内側から熱くした。

アレックスが食器棚の隅に立てかけたモップを取ろうとして身を乗り出したとき、エリーは顔を上げるというミスを犯した。時が止まったようなその瞬間は可能性に満ちていた。

拒む時間をエリーに与えるかのように、彼の口がゆっくりと近づいてきて、彼女の唇を奪った。その大胆なキスは彼女の体に火をつけ、再び破滅的な熱を全身に燃え上がらせた。

ほどなく口を離した彼にウインクをされたとき、エリーは陶然となっていた。

「床掃除は僕に任せて」アレックスはそう言ってフロアに戻っていった。息を切らし、身を震わせている彼女を残して。

まったく、憎たらしい人！

アレックスが床をモップがけする姿を見ながら、エリーは彼と感謝祭の週末を過ごすという提案を却下するという固い意志が揺らぐのを感じた。

バケツを洗ってモップを片づけると、アレックスは袖を下ろして袖口のボタンを留めた。それからジャケットをつかんで、彼女に強烈なまなざしを注いだ。「さあ、エレノア、決心の時間だ。アディロンダックスの僕の家に来て感謝祭を過ごすか、それともスタテン島に残って退屈を持て余すか？」

エリーは彼を見つめた。体の芯で脈打つ熱を感じたが、それ以上に気になったのは、胸の奥にある憧れのようなものが頭をもたげたことだった。それは、モイラ島で過ごした幼年期から青年期にかけて彼女を苦しめたのと同じ憧れのように思えたからだ。冒険への憧れに加え、自分の居場所への憧れも……。

アレックス・コスタの傲慢な魅力、息をのむようなセックスアピール、ゴージャスな体に、エリーは抵抗できたかもしれない。彼の贅沢な湖畔の別荘で週末を過ごすという誘惑や、彼のベッドで渇望感を癒やすという誘惑にも抵抗できただろう。しかし、アレックス・コスタがローマン・フレイザーのことを語り、親友を守って寄り添う姿を知ったあとでは、抵抗するのは難しかった。オーダーメイドの靴と、デザイナーズ・スーツのズボンとシャツが、バーの掃除のせいで汚れているのを見たあとでは。

アレックス・コスタとは、驚くほど激しい性的な関係以外のつながりはない。けれど、たった一度、彼と週末の冒険に出かけることのどこが悪いのだろう？　エリーは意を決した。「後悔する羽目にならないよう願うわ……答えは〝イエス〟よ」

アレックスは笑い、彼女の腰をつかんで引き寄せると、すばやくキスをした。そのキスは深く、所有欲に満ちていた。

ほどなく二人が外に出ると、ヘリコプターを取り囲む野次馬の群れをパイロットが追い払っていた。

「ちょっと待って、何か着るものを用意したほうがいいかしら？」高揚感を抑え、エリーは尋ねた。ああ、私は感謝祭の週末を、マンハッタンで最もホットな独身男性と過ごすことになるの？

「いや、必要ない。週末はずっときみを裸にしておくつもりだから」

7

感謝祭の翌日

「戻っておいで。まだ夜中だよ」アレックスは呼びかけた。だが、エレノアはそのまま行ってしまった。

二人は感謝祭の日のほとんどをベッドで過ごし、相性のよさを再確認した。以来、彼は二日前にスタテン島のバーまでエレノアを迎えに行った決断を、自画自賛していた。

それでも、彼女がベッドを出て主寝室の窓のカーテンを開けたとき、アレックスの下腹部はまだ欲望に脈打っていた。

陽光を浴びた新雪の照り返しがまぶしく、彼は思わず腕で目を覆った。

「夜中どころか、お昼近くよ。おなかがぺこぺこ」

夜のうちに薪が燃えつきた暖炉のそばに積まれた衣類に向かってエレノアが歩きだすと、アレックスは目から腕を下ろした。彼女の細い体と美しく豊かな胸が、彼の下腹部ばかりか、胸をも痛ませた。

くそっ。セックスのしすぎで、エレノアの肌が赤らんで光っている。アレックスは体を起こし、彼女を観察した。昨日、ベッドを離れたわずかの間にシャワーを浴び、彼が洗ってやった髪は乱れ、栗色(くりいろ)の後光となって頭を包みこんでいる。そのせいで鼻のまわりに散らばるそばかすがいっそう愛らしく見えた。

「餌なら、昨夜与えただろう」アレックスは冗談まじりに怒気を込めて言った。「これ以上、何を望むんだ?」

彼はスタミナを維持するため、昨日のうちにステーキと卵料理を用意し、暖炉でマシュマロを焼かせた。なのに、彼女はもう空腹らしい。

「また餌づけが必要ね」エレノアはそう言って彼から借りたボクサーパンツを撫(な)でつけた。

アレックスは彼女のボクサーパンツ姿も好きだが、それ以上に、何も身につけていない彼女を好んだ。

「それで、約束の七面鳥のディナーはどうなったの?」エレノアはブラジャーを手に取り、身につけた。彼が夢中になりつつあるゴージャスな胸、とりわけ最高に敏感なつぼみを彼に見せないようにして。

ますます下腹部が窮屈になり、アレックスはベッドの上で身じろぎをした。「七面鳥の夕食を約束した覚えはない」彼は五人のスタッフに週末休暇を与えた。エレノアと二人で、誰にも邪魔されずに楽しむためだ。六つの寝室、最新式のキッチン、ビリヤード室、図書室、ボートハウスのあるこの湖畔の別荘で。「そもそも感謝祭は昨日だったから、間に合わなかった」

エレノアは拳を腰に当て、彼が病みつきになった憤怒のまなざしを彼に注いだ。「だからって、今日祝えないわけじゃないでしょう。今夜は私が冷蔵庫にある七面鳥を焼くわ。その代わり、朝食はあなたがパンケーキをつくって」

アレックスは内心で眉をひそめた。なぜ僕は彼女の度胸の据わった態度が、彼女の敏感な胸の頂を味わうのと同じくらい楽しいと感じたんだ？「ところで、きみはいつから僕のボスになったんだ？」

エレノアがこらえきれずに吹き出すと、アレックスはうれしくなった。

「まったく！」彼女はあきれたように言った。

これまで、アレックスはどんな女性にもあえて家庭的なものは求めなかったが、彼女の現実主義のおかげでそんなのは大したことではないと思えるようになった。いいことだ。なぜなら、昨夜何度も体を重ねたあとでさえ、エレノアは二人の将来のことについて何一つ言及しなかったからだ。ヘリコプターを使ってまでこの別荘に連れてきたことで、彼女に間違った印象を与えてしまったのではないかと不安を抱いていたにもかかわらず。

二人の会話はざっくばらんで浅く、まさにアレックスの望むところだった。

エレノアはアンティークのドレッサーをあさり、彼のシャツとカシミアのセーターと靴下を取り出した。「私が夕食をつくるなら、朝食をあなたがつくるのは当然でしょう」

くそっ、彼女は僕を操っている。

「服を持って来させなかったのはあなただから、責任を取ってもらうわね。あなたの服を着るわ。私、探検に行きたいの」

「探検？　外に出たら凍えてしまうぞ」アレックスはたしなめたものの、彼女の顎が頑固そうに上がるのを見て苦笑した。「食事がすんだら、ベッドに戻ろう」彼は彼女をあおって楽しんだ。

「あなたはね」そう言い返したものの、エレノアの本気度は、彼の裸の胸に注がれる視線の熱さに損なわれた。「あなたは飽くことを知らないみたい」

「昨夜、ベッドで舐めてと僕にせがんだのは誰だったか――」

「やめて！」彼女は真っ赤になって遮った。

その赤みでそばかすが際立ち、アレックスの欲望のあかしは極度に張りつめた。エレノアのうぶさがたまらなくいとおしい。

彼女に性の喜びを教えたことは、彼の生涯で最もエロティックな体験だった。

「あなたがちゃんと食事を与えてくれ、このすばらしい別荘や敷地を案内してくれるまで、セックスはおあずけよ」エレノアは堂々と宣言した。

「よし、本気かどうか試してやる」アレックスはそう言うなり、全裸のままベッドを飛び出した。

エレノアは悲鳴をあげて部屋を飛び出し、バスルームに飛びこんだ。彼は大笑いしたせいで、彼女を取り逃がした。

だが、鍵が閉まる音を聞きながら、アレックスはほほ笑んだ。彼はこの二十四時間でエレノアのあらゆる性感帯を発見していた。彼女が脅しを実行に移す可能性はほぼゼロだった。

アレックスは彼女に朝食を与え、代わりに七面鳥を焼いてもらうことにした。だが、敷地をすべて案内する時間はない。敷地は二百ヘクタールもあるし、彼にはもっとやりたいことがあったからだ。

彼はパンケーキの生地を焼くために、スウェットパンツ一つで上半身裸のまま、開放的なキッチンに足を踏み入れた。そして、窓辺に立ち、雪の降り積もる森と湖畔のボートハウスを眺めながら、思いを巡らせた。エレノアを三日以上引き留めるべきだろうか。クリスマスもまた、子供時代の出来事のせいで、彼の最も嫌いな季節だった。

けれど、エレノアがそばにいれば……。

「ブナ、モミ、松、それにあそこに見えるのはポプラでしょう。ここには本当にたくさんの種類の木が生えているのね」エレノアは希少な宝物でも見つけたかのように、湖を取り囲む森を眺めて白い息を吐いた。

「僕にとってはどれもこれも単なる木にすぎない」アレックスは彼女を抱き上げ、そのぬくもりに再び魅了された。それから彼女の髪に顔をうずめ、夏の花と柑橘系のシャンプーの香りを吸いこんだ。

「違うわ」エレノアは笑った。

その陽気な笑い声は魅力的で、エレノアが夕食の下ごしらえをしている間、彼女をベッドに引き戻せなかったいらだちをいくらか和らげてくれた。

「モイラには樹木が少ないの。すばらしい森があるというのはすごくありがたいことよ」

「モイラ？　きみの故郷はそこなのか？」アレックスは好奇心もあらわに尋ねた。彼は普段、女性に質問を投げかけることはない。だが、エレノアには彼を魅了する何かがあった。彼女は魅惑的であると同時に、どんな新しい経験にも飛びつく無謀なエネルギーの持ち主だった。アレックスはモイラがどこなのか、知りたくてたまらなかった。

「ええ、そうよ。スコットランドの西海岸に浮かぶヘブリディーズ諸島に属する離島からやってきたの。両親は小作農で、私が生まれてまもなくモイラに移り住んだ。私は一人っ子で、両親はとてもかわいがってくれたわ」エレノアは満足げなため息をついて彼の腕の中におさまった。それからぼんやりと言った。「あれは鷲かしら？」湖面をかすめる猛禽類を指して言う。

「たぶん」都会育ちのアレックスは鳥に関する知識に乏しく、鷹とエミューの区別がつく程度だった。

「モイラにはいつまで住んでいたんだ？」

「一カ月ほど前までずっとよ」エレノアはぼんやりと答えた。「ここに来るための航空券と一時的な就労ビザを手に入れるために、島にある唯一のパブで二年間働いたの」

アレックスは顔をしかめ、彼女を自分のほうに振り向かせた。そして、紅潮した頬や、彼が貸した厚手のジャケットに隠された曲線に気を取られないよう自分に言い聞かせながら、さらに尋ねた。「スコットランドから直接ニューヨークに来たのか？」

「ええ」彼女はうなずいた。「グラスゴーまでヒッチハイクをして、それからニューヨーク行きの飛行機に乗って」

アレックスの眉間のしわがさらに深くなり、腹部の奇妙な引っかかりも増した。それが驚きのせいなのか、罪悪感のせいなのか、彼にはわからなかった。

エレノア・マクレガーは大都会での生活経験がまったくないまま、たった一人でこのニューヨークにやってきたのだ。そんな彼女に僕は襲いかかってバージンを奪った挙げ句、娼婦のように扱った。なのに彼女はめげず、僕に反撃した。

その事実がエレノアをより勇敢に、より大胆に見せ、僕をますますろくでなしにしたのだ……。

胸が締めつけられるのを感じ、アレックスはパニックに陥らないよう無難な話題を持ち出した。「ヒッチハイクをしたのか？」

「ええ、まったく安全だったわ。ハイランドの人たちは助け合いの精神が旺盛だから」

「ああ、そうかもしれない。連続殺人犯でもない限り」

エレノアはのんきにほほ笑んだ。その瞳の輝きは、アレックスに改めて彼女とローマンの共通点を思い起こさせた。

「幸運にも、殺人犯の車には出合うことはなかったわ」彼女はのんきに応じた。

「幸運にも？」アレックスはうなり声をあげた。彼女の底知れぬ楽観主義と人間への信頼に、恐怖さえ覚えた。彼女の首筋に手を添え、脈打つ箇所を撫でる。「エレノア、きみはレイプされ、挙げ句の果てに殺されてもおかしくなかった」

「心配してくれてありがとう。でも、大丈夫、自分の面倒は自分で見られるわ。それに、過保護な人はもう私の人生に必要ないの」

　言い終えて振り向く前にエレノアの目に悲しみの色が浮かんでいるのを、アレックスは見逃さなかった。〝過保護な人〟とは誰なんだ？　エレノアをずっと島に閉じこめていた両親のことだろうか。

「そうかもしれないな」新たに湧き起こった懸念を押し殺し、アレックスはつぶやいた。

　エレノアは正しい。彼女は大人だ……。アレックスはこの三十六時間でそれを痛感した。それに、彼女は僕の庇護下にいるわけでもない。それでも、彼は尋ねずにはいられなかった。

「きみの誕生日は？」

「六月よ」エレノアは笑った。「どうして？　パーティでも開いてくれるの？」

　夏が来るよりずっと早くこの情事が終わることを二人とも知っているので、アレックスも笑った。だが、その笑い声は生々しく、ぎこちなかった。

「いや、ただ……」彼の胸に何かが押し寄せた。その正体をつかむことはできなかったが、それは居座り続けた。「きみが赤ん坊のときに一家はモイラに移り住んだと言ったが、きみは自分がいつどこで生まれたか知っているのか？」

　エレノアは肩越しに彼をちらりと見て笑みを浮かべた。その無邪気な笑みに彼は拍子抜けした。

「もちろん。六月二十日に自宅で生まれたの。父と母はハイランドの辺鄙な地域に住み、父は国有林で働いていた。なぜ私の生い立ちに興味があるの？」

ばかげているとアレックスは自覚していた。彼女がエロイーズ・フレイザーであるはずがない。ローマンの妹は二十年以上前にハイランド地方で死んだのだから。とはいえ、エレノアがエロイーズと同い年で、ローマンと同じ虹彩異色症を持っているという事実は動かない。そして、もしエレノアの誕生の子細を知るのが両親だけだとしたら、彼女がローマンの妹である可能性を完全には否定できない……。

完全なる否定こそ、アレックスが必要とするものだった。なぜなら、得体の知れない罪悪感はそこから生じているに違いないからだ。

親友の行方不明だった妹と関係を持っているかもしれないという疑念を払拭する必要があった。

アレックスは大きく息を吸い、彼女の冷たい頬を親指で撫でた。「DNA鑑定を受けてみないか？」

「DNA鑑定……」エリーはほほ笑んだ。アレックスは冗談を言っているに違いない。けれど、アディロンダックスに着いて以来初めて、彼の顔は真剣味を帯びていた。

ここ数日、アレックスのエネルギーと欲望に圧倒され、頭が変になりそうだった。

彼はセックスマシーンだ。もっとも、それはエリーも同じだった。彼女は、すばらしいセックスは、どんなに夢中になっても少しも罪悪感を抱かせないことに気づいた。アレックスは巧みに、二人の相性のよさはあらゆる機会に満喫するに値すると彼女を納得させた。

先のことを心配する必要はない。この冒険はエリーにとって最高の体験だった。彼女はたった三十六時間で、十代の禁欲生活の埋め合わせができたのだ。

それも大いに。

とはいえ、エリーはこれが長くは続かないのを知っていたし、長続きさせる必要もなかった。アレックス・コスタはセックスの神さまであると同時に、彼女が出会った中で最も警戒心の強い男性でもあった。だから、彼を感情面で手に入れるのは不可能で、そんな人に恋をするのは愚か者だけだ。

そして、私は愚か者ではない――絶対に。

アレックスは、情熱の日々は期間限定で、それが彼の提供できるすべてだと明言した。だからエリーはその限定期間を思いきり楽しもうと決めた。

にもかかわらず、エリーは思い直した。この冒険は、アレックス・コスタにとっての湖畔の隠れ家と同じく、彼女の実生活の一部ではなかったからだ。

スタテン島でヘリコプターに乗りこんだとき、エリーは漠然と、彼のペントハウスのようなモダンな別荘で過ごすのだろうと想像していた。ところが、このログハウスは、一八九〇年代、鉄道王が家族のために建てた優雅な建物で、セントラルパーク・ウエストにある流行の最先端を行くペントハウスとは対照的だった。

この別荘は地元の国有林から伐採した木材と、近くの採石場から切り出された耐火石でつくられている。家の中は、手作りの敷物やキルトがあふれ、温かみのあるクルミ材とブナ材の家具が置かれていて、古きよき時代を彷彿(ほうふつ)とさせた。

六つの寝室に、四つのリビングルーム。いちばん広くて吹き抜けのリビングルームには暖炉があり、シェーカー様式のキッチンはテニスコートほどの広さだ。さらに、桟橋とボートハウスが完備された湖畔の眺めは、ここに着いて夜通し情事にふけった翌朝、目を覚ました彼女を感嘆させた。

しかしエリーは、この数分間で何かが根本的に変わったように感じた。

「いったいなぜ私がＤＮＡ鑑定を受けなければならないの？」その答えは薄々わかっていたが、エリーは動揺して彼の腕から抜け出した。「言ったでしょう、アレックス。私はエロイーズじゃないし、エロイーズのふりをしているわけでもない」

「もちろん、きみがローマンの妹でないことは知っている」アレックスは彼女の頬を包んだ。その目は後悔のようなもので陰りを帯びていた。「ただ、きみの経歴にはあやふやな部分がある」

「私の生まれのどこが納得できないというの？」ごく普通の生い立ちが疑わしいとでも？

「きみはエロイーズと同じ年齢で、ローマンと同じ遺伝的変異を持って――」

「でも、そんなに珍しいことじゃないわ」エリーは遮った。

「確かに。きみと彼の目の色合いが同じなのは偶然の一致だとは思うが、きみの誕生を目撃したのがきみの両親だけだという事実が引っかかる」

「どうかしてるわ、アレックス」エリーは言い返した。「助産師はいたでしょうが、両親は私が生まれたときのことについてあまり話してくれなかった。でも、あなたは明白な事実を見逃している」

「何をだ？」アレックスはいぶかしげに尋ねた。

エリーは凍りついた空気の中に真珠のような息を吐き出した。「私がエロイーズなら、両親は私を盗んだうえ、私にずっと嘘をついてきたことになる」

「ああ。それで、どうしてきみのご両親がそうしなかったと断言できるんだ？」彼はきき返した。

アレックスは今、悪魔の代弁者を演じている、とエリーは悟った。私がローマン・フレイザーの妹だと彼は本当は信じていないのだから。

それでもエリーは彼に同情した。ささいな猜疑心から、親が自分の子供に平気で嘘をつくと思えるほど冷笑的になれる彼に。

「なぜなら、親は普通そんなことしないし、父も母も私を心から愛していたからよ」

一瞬アレックスは戸惑い、目をしばたたいた。そして、数えきれないほど何度もエリーをベッドに誘った魅惑的な笑みを唇に宿した。けれど、今回はそこに優越感がまじっていた。まるで彼女が愚にもつかないことを言ったかのように。

「わかった。すばらしい」アレックスはゆっくりと言った。「だが、DNA鑑定をすることになんの問題があるんだ?」

だって、応じたら、私は両親を信用していないことになる。そうでしょう?

けれど、エリーは思い直した。こんなことで大騒ぎするのはばからしい。なぜなら、父のロスも母のスーザンもすでにこの世にはいないのだから。彼らが私に腹を立てることはない。

エリーは肩をすくめた。「わかったわ。納得したわけではないけれど」

アレックスは笑い、彼女の腰をつかんで持ち上げた。そして凍(い)てつく空気の中で彼女をくるくるまわした。エリーは彼の肩をつかみ、くぐもった笑いをこぼして、彼にもたれかかった。すると、アレックスは彼女の唇にキスをした。張りつめた欲望のあかしを彼女の下腹部に押し当てながら。

彼がエリーを解放する頃には、二人ともあえぎ、欲望は剃刀(かみそり)のように鋭くなっていた。

アレックスは彼女の手を引き、別荘に向かった。冬の夕焼けが、雪をかぶった木々の上に赤と金のきらめきを投げかけ、湖面を輝かせていた。

「さあ」彼は言った。「七面鳥が焼きあがる前に、ちょっと一服しよう」

エリーは笑い、期待に胸を躍らせた。これはセックスへの執着にほかならないと自分に言い聞かせて。

8

会社所有のヘリコプターが〈サリーズ・バー〉の裏の空き地に着陸すると、アレックスはヘッドセットを外した。

彼の向かいに座るエレノアは出迎えた上司に手を振り、ベサニーは手を振り返した。

ヘリコプターの騒音が聞こえなくなり、エレノアはアレックスに甘い笑みを返した。彼はついに、これ以上は待てないと気づいた。

彼女にマンハッタンに来てほしかった。そんな気持ちはすぐに消えるだろうと高をくくっていた。なぜならこれまで、一緒に住まないかと女性を誘ったことなどなかったからだ。だが、期待に反してその気持ちが消えることはなかった。

副パイロットがドアを開けに現れた。

「アレックス、すてきな週末をありがとう」エレノアは笑みを顔に張りつけて言った。「けっして忘れない」

アレックスは顔をしかめた。本気か？　彼女はこのまま立ち去るつもりなのか？

彼は、彼女がまた会えるかどうか尋ねてくるものと踏んでいた。そうすれば、二人でクリスマスを楽しめるだろう。

いったん仕事に戻らなければならないが、夜にはエレノアを待たせておきたかった。そしてクレジットカードを持たせ、車と運転手を用意するつもりだった。彼女は独立心旺盛で、買い物や観光の機会も多くなり、彼が仕事に行っている間も退屈しないはずだとアレックスは考えていた。

ところが、この週末の間、もっと一緒にいたいという言葉をエレノアからまったく聞けなかった。彼がこれまでつき合ってきた女性たちとは違って。

自分からその話を持ち出すのはプライドが許さなかった。

しかし、彼女がヘリコプターのステップを下り始めたとき、アレックスは代替案がないことに気づき、シートベルトを外して彼女のあとを追った。

エレノアはすでに敷地を横切り、ベサニーの近くに到達していた。彼女は早足というより、ほとんど駆け足に近かった。

いったい、どうしたんだ？　まるで僕から全力で逃げているようだ。アレックスも全速力で駆けだし、やっとのことで彼女の肘をつかんだ。

「ちょっと待ってくれ、エレノア」以前と同じく、人だかりができていたが、彼は無視した。「すてきな週末を忘れない――それだけか？」彼は尋ねながら、自身を蹴りたくなった。自分がなんとも惨めに思えたからだ。こんなまねはしたことがなかった。

「これ以上、何を言うことがあるの？」エレノアは目を丸くして無邪気な目で彼を見つめた。

演技だ、とアレックスは思った。エレノアは僕と同じくらい楽しんでいたのだから。

「もう仕事に戻らなければならないの」彼女はきっぱりと言った。「あなたもね」

「僕たちが合意したDNA鑑定はどうなる？」アレックスはどんな女性にも同居を懇願するつもりはなかった。だが、彼女は鑑定を受け入れた。そして、鑑定は彼女をマンハッタンに誘うための格好のトロイの木馬だった。

エレノアは腕を引き抜いた。「本気で言っているんじゃないわよね？」

「もちろん、本気だ」

彼女はため息をついた。「わかったわ。だったら、サンプルを送ることもできるけれど？」

「だめだ」

エレノアは眉間にしわを寄せた。「どうして?」

「マンハッタンに来て僕と一緒に過ごしてほしいんだ。クリスマスが終わるまで」

彼女のしかめっ面が驚き顔に変わった。

「クリスマスが近いこの時期、サンプルを提出して結果が出るまで二、三週間はかかる」そんなことはないが、アレックスにとっては検査期間を引き延ばすなど造作もなかった。「僕たちはまだ終わっていないと思うんだ。これは……」

体内でいまだに脈打ち、絶え間なくうずいている欲望を、彼はどう表現すればいいかわからなかった。

「これがなんであれ、あと四週間もすれば消えるはずだ。それまで、僕たちはもっと楽しめる。この時期のマンハッタンは最高だ。僕が街を案内する」

アレックスは例年、観光客や家族連れやロマンティストのためにマンハッタンが用意する飾りつけや数々の催しにそっぽを向いていた。しかし、自分の望みを叶えるためなら、妥協もいとわなかった。そしてもう一つのルールを破ることも。つまり、新年までエレノアとベッドを共有するのだ。その頃には、この狂おしい欲望も一段落しているに違いない。

しかし今、アレックスは彼女の目を通してマンハッタンのクリスマスを見ることに興奮を覚えていた。ローマンはメールで、クリスマスが終わるまで街を留守にすると言ってきた。この時期に家族を亡くして以来、彼にとってクリスマスは幸せな季節ではなかったからだ。一方、エレノアはお祭り騒ぎが大好きだ。アレックスは彼女がそれを満喫するのを手助けしたかった。ベッドの中だけでなく。

彼女のボスが近づいてきていることに気づきながらも、望みどおりの答えが返ってくることをアレックスは確信していた。「それで、きみの返事は?」

エレノアはまだ警戒し、ショックを受けているように見えた。だが、拒否するなどありえない。スタテン島で酒を出したり、床磨きをしたりするよりもずっと魅力的な提案なのだから。

「荷造りをしたらどうかな？　三十分後にまたここで会おう」

彼女の持ち物はさほど多くはないだろう。パーティやイベント用に、新しいドレスを買ってやろう。自分が買ってやったドレスを身につけた彼女と一緒に華やかな場に出るのが、アレックスは待ち遠しくてたまらなかった。

エレノアがまだこちらを見つめていたので、アレックスは彼女の頬を撫でた。少し触れただけで、彼女が震えるのを感じ、彼はほほ笑んだ。

エリーは、心臓が大きく打ち、肋骨を圧迫する感覚に戸惑い、身じろぎさえできなかった。そしてパニックに陥った。

アレックス・コスタの申し出は予想外だった。実際、エリーはこの週末、感謝祭が終わったあと、それ以上の可能性については考えないことにしていた。

喪失感や名残惜しさをこらえ、なんとかアレックスに笑顔で別れを告げることができた自分を、エリーは褒めた。そして取り乱す前にバーの中に入ろうと、敷地内を駆け抜けたのだ。本当は抱きたくなかった感情、そして彼に見せたくなかった感情に惑わされるのが怖くて。

なのに、アレックスはそれを台なしにした。彼の申し出が彼の口から飛び出した瞬間、どうしようもなく胸がときめいたからだ。そして甘美で至福の一瞬、エリーは〝イエス〟と答えようとした。ところが、アレックスが話を続け、彼が何を提案しているかに気づいて、同意するのは愚かだと悟った。なぜなら、そんな権利はないと知りつつも、エリーは彼との関係にはるかに多くのものを望んでいたからだ。

アレックス・コスタは最初の恋人だった。エリーはそのことに意味を見いだしたくなかったが、図らずもそうなっていた。彼が機知に富み、寛大で、経験豊富で巧みだったからというだけではない。アレックスには秘密がたくさんあったからだ。彼が見せようとしない多くの面が、エリーの興味をそそり、興奮させた。見てはいけないとわかっていても。

「無理よ。一緒には行けない」

彼の黒い眉が跳ね上がった。明らかにショックを受けていた。「なぜだ？」

胸が痛んでいなければ、彼のあまりに無防備な表情にエリーは笑っていただろう。「だって、私にはここでの仕事があるから」光り輝く週末の間はすっかり忘れていた仕事が。

しかし彼女は今、現実の世界に戻っていた。そして、再び彼の世界に足を踏み入れる余裕はない。なぜなら、そこはめくるめくような空間だから。贅沢で華やかな暮らしではなく、アレックスそのものが。

そう、私が惹かれたのは彼だったのだ。彼の寡黙な魅力と、私の知らない彼に関するすべてのことが、私を魅了している。たとえば、彼の生まれはどこなのか、なぜ若くして莫大な富を築いたのか、なぜ彼は友人のローマンにそれほど肩入れするのか、なぜ感謝祭を一緒に過ごす家族がいないのか。

「エレノア、きみは働かなくていいんだ」アレックスはこれまで彼女が聞いたこともないようなばかげたことを口にした。「もちろん、僕がすべて面倒を見る。それに、別れの日が来たら、新しい仕事が見つかるまで援助する。僕はマンハッタンに不動産をたくさん持っているから、きみに好きなところを選んでもらい、無料で住まいを提供できる」

エリーは彼を見つめた。自信に満ちた笑顔から察するに、その申し出がいかに侮辱的か、アレックスは気づいていないらしい。怒りは傷ついた心を隠すために歓迎された。彼の条件に従ってこの週末を過ごすことに同意したエリーに傷つく権利はない。しかし、彼女は今、この関係を終わらせなければならないと思った。

「まあ、すてき。でも、もういいわ。ありがとう」エリーはそう言って彼に背を向け、ベサニー・サリバンに向かって歩きだした。

「エリー、おかえりなさい」ボスは彼女に優しい微笑を返したものの、視線はアレックスに向けられていた。「どうやら、私以上に波瀾万丈(はらんばんじょう)の感謝祭を過ごしたようね」

「ええ。でも、もう終わったわ。仕事に戻りたい」

「エリー、どういう意味だ？」アレックスの不機嫌そうな声が割って入った。「〝まあ、すてき、でも、もういいわ。ありがとう〟とは？」

エリーは憤然として振り向いた。私が慕っているボスの前で、こんな話を続けようとするなんて。

「私が言いたいのは……あなたの囲われ女になるつもりはないということよ」エリーはきっぱりと言った。「私にはここでの仕事があるし、大切な約束もある。わかった？」

「なんだって？　囲われ女？」アレックスの声が高くなった。「きみは何世紀に生きているんだ？」

「愛人と言うべきかしら。それとも有料エスコート？　セックスワーカーという言い方もあるわね」

アレックスが悪態をついてまた肘をつかもうとしたところで、エリーは振り払った。彼に少しでも触れさせてせっかくの決意が揺らぐのを恐れて。

「エレノア、こんなのはおかしい。僕の望みは、きみが僕の家に一カ月滞在してくれることだ。その間にDNA鑑定もできるし、クリスマスのニューヨークも案内できる。この週末と同じように楽しもうじゃないか。なぜそれを侮辱ととらえるんだ？」

「そのお楽しみに、セックスは含まれているの？」

「そうであればいいと思っている」

「だったら、これで終わりね、アレックス」

エリーはそう言って、ぽかんと口を開けて二人を見ていたベサニーの横を通り過ぎ、バーの中に入ってドアを乱暴に閉めた。中にいた二人の常連客がびっくりして振り返った。彼女は歯を食いしばって挨拶をし、〝楽しくお過ごしください〟と言った。そしてグラスがいくつか割れるほどの勢いで、食洗機に水を流しこんだ。

「落ち着いて、ハニー。グラスが根こそぎ割れて廃業に追いこまれる前に」

その声に振り返ると、ベサニーが立っていた。その心配そうな笑みにエリーの胸にまた痛みが生じた。

もうアレックスはヘリコプターに戻ったに違いない。すぐにも飛び立ち、二度と彼に会うことはないだろう。彼に触れられてアドレナリンが全身に噴き出すことも。けれど、それ以上に悪いのは、アレックスが恋しくなることだろう。彼の魅力、機知、自信、そして傲慢ささえも恋しくなるかもしれない。

侮辱に満ちた彼の申し出を拒否したことで、エリーは自分の正当性が証明できたように感じ、満足感を覚えてもいいはずなのに、今感じているのは、胸の痛みだけだった。この四日間、アレックスは自分の欠点や弱点もさらけ出しているかのように感じさせ、それは彼女に感銘を与えた。

エリーは割れたグラスを新聞紙に包んでごみ箱に捨てた。「とんだところをお見せしてしまってごめんなさい」彼女は恥ずかしそうに、そして悲しげにつぶやいた。過剰に反応したのは明らかだった。

「そんなことないわ、とても興味深かった」ベサニーは慰めた。「私が思うに、アレックス・コスタはあまりに傲慢だった」

エリーは切なげな笑みを浮かべた。「私は特別な人間じゃない。仮にそうだったとしても、彼は今頃、自分が時間と労力を費やすほどの価値はないと確信していることでしょう」

「彼はまだいるわよ」ベサニーが言った。「あなたの気が変わるのを待つそうよ、最低でも三十分は」

　エリーの心臓が跳ねた。彼女はそれを無視して言った。「無理よ。彼は私の手に負えないもの」

　後悔、罪悪感、当惑、そして憧れ。さまざまな感情が胸の内で絡み合い、大きなしこりとなって、エリーにため息をつかせた。

「ああ、早く帰ってくれればいいのに」

「本当に？」ベサニーは疑わしげな視線をエリーに向けた。「一カ月前、最高の人生を送るためにニューヨークに来たと言っていたあの子はどこに行ったのかしら？　孫たちに語れるような冒険をすると言っていた、大胆で勇敢な女の子は？」

　エリーはうめき声をあげた。「無謀で勝手気ままに生きればいいと？」

　ベサニーはほほ笑んだ。「一つだけ教えて。感謝祭の週末、彼と楽しい時間を過ごせた？」

「ええ、最高の時間を」彼女は正直に答えた。「彼は刺激的で、愉快で、賢明で……。今まで会った中でいちばん魅力的な男性だった。彼は最初の試みで私のすべての性感帯を見つけ、開発してくれ――」

エリーははっとして口をつぐんだ。ボスにアレックスとのセックスについてあからさまに話すなんて、いったいどういう女なの？

　だが、ベサニーはただ笑っていた。「想像できるわ。それで、彼の誘いに乗って、何が悪いの？　最高にすてきな冒険になりそうなのに」

「私はここで働いているのに？」エリーはまた現実的な問題にしがみつこうとした。

「ハニー、あなたにこのバーで働き続けてほしいのは山々だけれど、あそこにいるレックスみたいな年寄りに毎晩ビールをつぐような暮らしをずっと続けるつもり?」

「おい、聞こえてるぞ!」レックスが口を挟んだ。

ベサニーは笑い飛ばした。「これまでで最高の男性とクリスマスを一緒に過ごすなんて、よだれが出そうだわ」

エリーは食洗機に洗い物を入れ終えた。

「それで、本当の問題はなんなの?」ベサニーは続けた。「話してくれたら、あのヘリコプターが発(た)つ前に、解決できるかもしれない」

エリーははっとした。ベサニーは私と彼の問題を放置するつもりはないらしい。「正直なところ、彼の言うように一カ月も一緒にいられるとは思えないの。アレックスはなんの制約もないつき合いを望んでいるけれど、私にはそれができない気がする。彼は私を魅了し、興奮させる。もし一緒に暮らすなら、彼のことをもっと知りたいと思う。そうなると、おそらく彼の課したルールを守れなくなる」

「そんなことにはならないわ」ベサニーは無造作に切って捨てた。

「でも……」エリーは言いよどんだ。

「ハニー、彼は自分の好きなようにルールを設けることができる人よ。けれど、だからといって、そのルールに従わなければならないわけじゃない」

「そうだけれど……」エリーは顔をしかめた。ベサニーの言うことにも一理あるの?「でも、もし彼が何もかも面倒を見てくれるとしたら、私は自分が無力だと感じてしまう」

「だから、彼にすべてを委ねる必要はないの。マンハッタンでもここと同じように働ける。それに、もし彼が本当にあなたと一緒にいたいのであれば、彼はあなたの出す条件を受け入れるはずよ」

ボスの言葉にエリーの興奮はいっきに高まったが、それもほんの一瞬だった。「だけど、マンハッタンで働けるかどうかはわからない。アレックスのハロウィーン・パーティでゲストの一人を殴ってしまい、イベント・プランナーに叱責されたし」

ベサニーは苦笑した。「コスタのペントハウスはどこにあるの？」

「セントラルパーク・ウエスト」

「だったら、なんとかなるかも。以前ここで働いていた友人がコロンバスサークルの近くで上品なカクテルバーを経営しているの。電話番号を教えるわ。メルは信頼できるバーテンダーを探しているの」

「本当に？」エリーは愚かだと自覚しつつも、胸骨の下に興奮の波が押し寄せてくるのを抑えられなかった。うまくいくかしら？　アレックス・コスタと同居し、長続きするはずのない関係にこれ以上のめりこむリスクを冒しても大丈夫なの？

「ええ、間違いなく」ベサニーは請け合った。「さあ、荷造りをして。あと十分しかないわ」

興奮と同時にパニックが胸に押し寄せた。「でも、もし彼と恋に落ちたらどうしよう？」自問しながらも、エリーは自分がどれほど臆病か思い知らされた。

あなたは賢くて勇敢で、街で輝く女性でしょう？心の声が問いただす。それとも、あなたは安っぽいメロドラマに出てくる愚かなヒロインなの？

「ハニー、あなたが自問するべきは、そのリスクを冒す価値が彼にあるかどうかよ」ベサニーはたしなめた。「私の経験では、リスクを冒して後悔することはないわ。後悔するのは、リスクを冒さなかったことに対してだけ。アレックス・コスタのような男性とマンハッタンでクリスマスを過ごすなんて、女にとって最高の夢だわ」

エリーはアドレナリンが胸からあふれ出るのを感じながらうなずいた。「そのとおりね」

9

五日後

アレックスはコロンバスサークルの裏路地に止めたマッスルカーに座っていた。暖房がうなり、エレノアが五夜連続で働いた高級カクテルバーのネオンサインのまわりを雪が舞っていた。

時刻は午前二時。彼は六時間後に重要な会議を控えていた。なぜ僕は夜中まで彼女を働かせることに同意したんだ?

それは、彼女がおまえに選択肢を与えなかったからだ。心の声が答えた。

バックパックを背負って〈サリーズ・バー〉から出てきたときの彼女の頑(かたく)なな表情を思い出し、アレックスは眉をひそめた。

〃一緒に行くわ。ただし、働けるなら。それがだめだというなら、私は行かない〃

エレノアが出てこないので、アレックスはしびれを切らし、バーに乗りこむ寸前だった。彼女を肩に担ぎ上げて連れ去るために。その実力行使に比べれば、彼女の最後通告に同意することは、まだましに思えた。そして、マンハッタンに連れてきてしまえば、あとはどうにでもなると高をくくっていたのだ。

そして今、アレックスはそのツケを払う羽目になった。この二晩、エレノアが疲れきっていたため、ベッドを共にできなかったばかりか、勤務終了時に彼の運転手に車で迎えに行かせるという提案も拒否されたのだ。〃正直な話、アレックス、あなたの哀れな運転手を何時間も外で待たせるなんてできない。私が四ブロック歩けばすむのに〃と。

真夜中に、雪の中を、一人で？

昨夜、ニューヨークは十センチほど雪に覆われたが、彼女は六時間前に運転手を引き上げさせ、寒さに震えながらペントハウスに帰ってきた。彼女の言う〝哀れな運転手〟は身長百八十八センチの海軍特殊部隊出身の屈強な男で、昼夜を問わずに運転するという条件と引き替えに高額の給料を払っていた。

アレックスは、自分の身を危険にさらしたエレノアを罵倒したかったが、寒さと疲労で震えている姿を見てなんとかこらえた。

だから、アレックスは今、ここに座って、夜中の二時に彼女が出てくるのを待っているのだ。まるで恋するティーンエイジャーのように。

彼は携帯電話で時刻をチェックした。これで十五回目だ。二時を一分まわったところだった。

エレノアのシフトは終わった。アレックスは車を降りると、手にしたジャケットを着て、ズボンのポケットに両手を突っこんだ。そして建物の出入口に向かった。ドアはロックされていたが、窓からのぞくと、エレノアが店の奥でグラスを重ねていた。

彼女は肩を落とし、打ちひしがれているように見えた。いらだちに、不安が加わる。アレックスがドアをたたくと、背の高い黒人が出てきた。

「すみません、もう閉店しました」

「いや、迎えに来たんだ、僕の……」アレックスは言葉につまった。エレノアのことをなんと言えばいいんだ？　デート相手？　女友だち？　愛人？　同居中の恋人？「エレノアを」結局名前で呼ぶしかなかった。

男は無表情にアレックスを見つめ、それからうなずいた。「ああ、エリーのことか」肩越しに振り返って続ける。「きみは彼女の恋人か？」

「たぶん」アレックスは曖昧に答えた。

「もうすぐ終わるよ」

「彼女のシフトは二時までのはずだが?」

男は顔をしかめた。「私は彼女に掃除代を払っている」

アレックスは声を落とした。「いくら?」

「時給二十二ドル。もちろん、チップは別だ」

アレックスは、夜になるとチップの額が上がることを考慮して計算し、声を落として言った。「彼女が二度と夜勤や週末出勤をしないよう、そしてチップ込みの給与額が今と変わらないよう計らってくれたら、現在の時給の三倍の金をきみに払う」

この取り引きをエレノアが知ったら、彼女は激怒するだろうが、アレックスはこの状況を改善する必要に迫られていた。ただ単に、もっとセックスをしたかったからとか、彼女を夜中に迎えに行くのがいやだからというだけではない。何よりも疲労困憊(ひろうこんぱい)の彼女を見たくなかったからだ。気温が氷点下の夜に、彼女のゴージャスなヒップを凍らせたくもない。また、帰宅途上で下卑た連中に声をかけられるリスクも冒してほしくなかった。

それに、夜も週末もエレノアと思う存分、一緒に過ごしたかった。彼女が赤の他人に酒を出す代わりに。彼女が出した妥協案に同意しなければならなかったことに腹を立てていたアレックスだが、彼女が自立にこだわる理由については理解していた。独立心とプライドはエレノアにとってきわめて大切なものだった。彼はそんな彼女を称賛していた。とはいえ、彼女の仕事へのこだわりでクリスマスのデートの計画が台なしになるのは、我慢ならなかった。

カクテルバーのオーナーは少し考えてから、肩をすくめた。「オーケー、余った金は彼女の代わりにシフトに入る人たちに与えよう」

「すばらしい」アレックスは手を差し出し、オーナーと握手を交わした。

彼の保護本能は長い間眠っていたので、人の体の心配をするのは奇妙な感じがした。しかし、エプロンを外して棚に押しこむエレノアを見ているうちに、そんな感じは吹き飛んだ。

アレックスに気づいたときに彼女が満面にたたえた笑みは、彼の腹の底に深く沈んでいった。アレックスは明日予定していたミーティングをキャンセルし、週末はゆっくり休もうと決めた。彼は、ウィンター・ガーデン・シアターで開かれるショーのオープニング・ナイトのボックス席と、それに続く豪華なパーティの招待状を受け取っていた。

「アレックス……」エレノアの顔に輝く純粋な喜びは彼の胸を高鳴らせた。「わざわざ迎えに来なくてもよかったのに」

彼女のスコットランド訛りは、疲れているとき、怒っているとき、そしてのぼりつめそうになったときに強くなる。アレックスはほほ笑んだ。「吹雪の中を歩いて帰らせるわけにはいかない」

エレノアは笑い、その柔らかな響きが彼の胸を揺さぶった。彼女が近づきすぎる前に、アレックスは彼女のボスにささやいた。「今の取り引きはここだけの話にしてくれ」

バーのオーナーはアレックスの肩をたたき、わかっているとばかりに笑みを浮かべた。「きみが彼女のことを気にかけるのはわかるよ」

エレノアが彼の肩に疲れた腕をまわした。「こんばんは」彼女はうれしそうに言った。

アレックスは身をかがめてキスをした。胸に居座る不安のさざ波を無視して。

オーナーが喉を鳴らした。「二人ともさっさと部屋に行ったらどうだ？」

彼女は頬を紅潮させて笑った。「ええ、メル」

「火曜日にまた、エリー。せいぜい休日を楽しんでくれ。来週のシフトは十一時から五時までだ」メルはそう言って、アレックスにこっそりウインクをしてからドアを閉めた。

アレックスはエレノアの肩に腕をかけ、雪の降る夜、ぬかるみを走る車の音だけが響く中、彼女を路地裏の駐車場まで連れていった。

ペントハウスに戻ったアレックスの次の仕事は、エレノアをくつろがせ、痛む足をマッサージしてやることだった。そして彼女が眠りに就く前に幸運をつかめるかどうか確かめることだった。

ようやくクリスマスの雰囲気が漂い始めた。

「起きる時間よ、アレックス」エリーはすでに服を着て、出かける気満々だった。

アレックスはうめきながら寝返りを打った。

鼻歌を歌っていたエリーは一瞬、彼の胸に釘づけになった。彼が気だるそうに動いてゴージャスな筋肉がたわむのを見るたびに湧き起こる興奮は、いつになったらおさまるのだろう？

「冗談だろう？」彼はぶつぶつと言った。「早すぎるよ。二人とも真夜中過ぎまで起きていたのに」

「人生でいちばんすばらしい夜だったわ」

昨日の土曜日の朝、二人はベッドで寝不足とセックスレスの穴埋めをしたあと、スタイリストがその日の夜の特別なサプライズのために、彼女にデザイナーズ・ドレスを何着か持ってきた。エリーはアレックスに買ってもらうのは気が進まなかったが、名前は知っていても実際に着る機会があるとは思わなかったデザイナーの極上のドレスを見たとき、彼の寛大な申し出を断るのは傲慢だし、あまりに狭量だと思った。彼がエリーが働くのを受け入れ、金曜の夜にはバーまで迎えに来てくれたことを思えば。だから、彼女はオフショルダーのエメラルド・ベルベットの華やかなドレスを選んだ。

サプライズの夜は、ドレス以上のすばらしさだった。ブロードウェイの代表的な劇場ウィンター・ガーデンの、新作ミュージカルの幕開けのために用意された特等席へ、アレックスにエスコートされたエリーは、女王になったような気分に浸った。歌とダンスはもちろん感動的だが、筋骨隆々の体を黒のタキシードに包んだ男性からの灼熱の視線には及ばなかった。ショーのロマンティックなクライマックスも、夢中になって涙を流す彼女のむき出しの肩への煽情的なキスほどには興奮しなかった。

観劇のあとは、ロックフェラー・センターのスケートリンクを見下ろす屋上のバーで開かれたパーティに参加した。リンクに立てられた巨大なクリスマス・ツリーは、二人のために飾られたようで、エリーは感銘を受けた。そして、シャンパンやコルドン・ブルーのカナッペを満喫しながら、テレビでしか見たことのない有名人たちとの歓談。元大統領夫妻とハイランドについて、ロックスターとは最新アルバムについて語っているときは、夢ではないかと思った。さらに、先ほどのショーに出演したハリウッドの超一流スターは再び見事なパフォーマンスを披露し、会場を沸かせた。その間ずっと、アレックスはエリーの背中に手を添え、帰宅したら何をするかささやき続けた。より刺激的だったのは、ペントハウスに着いてすぐに、彼がドレスを脱がせ、エントランスホールの床で狂おしいほど情熱的な行為にふけったことだった。そのあとも、シャワールームで、そして彼のベッドで……。

ベサニーの予言どおりだった、とエリーはしみじみと思った。今年のクリスマスは、これまでに経験したことのないすばらしい冒険となった。私とアレックスには未来も過去もない。けれど今、二人は輝かしい絆で結ばれている。間違いなく。

アレックスが手に入れられる華やかさにはとうてい及ばないが、ニューヨークの華やかなクリスマスを体験するにあたってはエリーなりのアイデアがあった。彼女はメルやバーの同僚に、自分の予算内ででき、しかもアレックスが経験したことのないような過ごし方について助言を求めた。というのも、彼は昨日、劇場に向かう途中で〝僕は基本的にクリスマスを楽しむことはない〟と言ったからだ。

それがどういう意味であれ、改善する必要がある、とエリーは思った。その期間をモイラで静かに過ごした彼女には、クリスマスはいつも多くの可能性を秘めているように思えた。毎年、父親がプラスティックのツリーを飾り、本土から輸送された七面鳥を調理した。けれど、両親の休日は一日しかなく、常に農作業が優先された。ロスとスーザンが亡くなったあと、パブでクリスマスを祝いながら、エリーはよく思ったものだった。この季節を目いっぱい楽しめる場所にいられたらどんなに幸せだろうと。

今日は十二月五日。ニューヨークで有名なお祭り騒ぎを満喫するにはあと二十日、週末もあと二回しかない。つまり、日曜日の朝、アレックスの巧みな愛撫（あいぶ）を受けながら絶頂に達するのがどんなに好きでも、早く次に取りかからなければならないのだ。

エリーは部屋のコントロールパネルを操作し、ガラス壁のカーテンを開けた。

アレックスが悪態をつき、腕で目を覆った。「僕の目を覚まさせるために、日光を武器に使うなんて悪魔の所業だ」

エリーは笑った。髪が乱れ、睡眠不足で顔がしわくちゃでも、アレックスはすてきだった。もちろん、裸身も。彼女は欲望を押し殺し、枕を投げつけた。「急いでシャワーを浴びて。私はその間に朝食を用意するわ」エリーはそう言って小走りでドアに向かった。「エリー・マクレガーの〝低予算マンハッタン・クリスマス・ツアー〟の最初の目的地に早めに行かないと」

「その代わりにアレックス・コスタの〝エレノア・

マクレガーを探検するクリスマス・ツアー〞を敢行したらどうかな？　金の節約になる！」

　エリーは笑いながらキッチンに向かった。彼が明け方に行った〝エレノアの脚の付け根探検ツアー〞を思い出し、顔を赤らめて。そして高級食料品店で調達した食材を並べながら、朝食がスコットランド風のお粥だと知ったら、アレックスはもっと文句を言うに違いないと思った。

　朝食のあとは、ブライアントパークでのアイススケート、五番街でのウィンドーショッピング、ランチはテイクアウトのパストラミとライ麦のサンドイッチ、それから冬の夕暮れのセントラルパークを散策して……ペントハウスに戻ったら、アレックスに別のツアーをお願いしよう。エリーは再び赤面しながら、ミルクとスチールカットオーツを鍋に入れた。

10

「おい、凍えているじゃないか。家に戻ろう」アレックスはエレノアのビーニー帽の下からのぞく栗色の巻き毛に向かってささやいた。甘く、スパイシーで、癖になる香りを胸いっぱいに吸いこむ。二人は今、見晴らしのいいボウ・ブリッジに立っていた。

「でも、もう少し夕日を眺めていたいの」彼女は公園の向こうの低い空を指差して言った。

　チェリーヒルとセントラルパークのランブルズを結ぶビクトリア様式のアーチ橋は数多くのロマンティックな映画に登場しているが、彼女はどれも見たことがないという。

　エレノアが橋について尋ねたとき、アレックスはもっと用心するべきだったかもしれないが、そうするにはあまりにも疲れていた。そして満足してもいた。二人はまるで新婚カップルのようだった。

「ここからあなたのペントハウスが見えるわ」エレノアは興奮気味に続けた。彼女の高揚感は、今朝あまりに早い時間に彼を起こしたときから少しも薄れていなかった。というより、昨夜のパーティで、元大統領夫妻に会ったときからずっと。

そんな彼女を、アレックスは最高に魅力的で、最高に情熱的だと感じていた。昨夜のショーのクライマックスでエレノアが涙を流すのを見て、彼は仰天した。むき出しの肩甲骨にキスをしたときの彼女の瞳の輝きは、一晩中アレックスを狂わせた。

なぜあんなに、あけすけになれるのだろう？どうすれば、あれほど非現実の世界にのめりこめるんだ？そして、なぜ僕はそんな彼女にこんなにも魅せられるのだろう？


幕が下りたあと、アレックスがしたかったのは、ペントハウスに帰り、二人の間に唯一実在するつながりを確認することだった。しかし、エレノアが俳優や著名人に会って興奮することを知っていたため、しかたなくパーティに連れていった。彼女のとりこになっていないことを証明するためにも、あえて我慢する必要があった。

だが、ようやく家に戻ったとき、アレックスははやるあまり、大枚をはたいて買ったドレスを破り、エレノアの中に我が身を突き刺した。彼女が砕け散るときの嗚咽を聞きたい一心で。そのあとも彼女に触れるのをやめられず、何度も一緒にのぼりつめた。

そして、今朝エレノアに抗議したにもかかわらず、アレックスは今日、外出したことを喜んでいた。彼はエレノアに夢中になりつつあった。

ブライアントパークのスケートリンクでエレノアに滑り方を教えるのは、喜びそのものだった。五番街を散歩し、ウィンドーをのぞくたびに大騒ぎする姿を眺め、自分の頭とほぼ同じ大きさのパストラミのサンドイッチにかぶりつくのを見るのも、エレノアの絶え間ないおしゃべりを聞くのも、実に楽しい。それに、興奮すればするほど強くなるスコットランド訛(なま)りを聞くのは、彼女が彼の腕の中で砕け散るのを見るのと同じくらい魅惑的だった。

エレノアはマンハッタンのクリスマスの魔法に目を開かせてくれたのだ。

彼女は今、両腕で我が身を抱きしめ、ニューヨークのスカイラインに沈む太陽を眺めている。恋人たちのメッカとも言える橋の上で。

アレックスはずっとこの街に住んでいるのに、この街を見たことがなかった。八歳のとき、父親が彼の幻想をすべて打ち砕いたときから。

エレノアが笑い、そしてため息をついた。「あなたがスケートが上手でよかったわ。さもないと、大変だった。まさかあんなに難しいなんて」

話がロマンティックな方向に行かなくてよかった、とアレックスは安堵(あんど)した。「モイラにはスケートリンクはあまりないのか?」

「ええ、一つもないわ」

エレノアは彼の腕の中でくるりとまわり、彼を見つめた。その目の輝きは彼女のほかのすべてと同じくらい魅惑的だった。エレノアの機知と優しい笑みは、アレックスが彼女との距離を保つためにかぶっていた皮肉屋の仮面を壊しかけた。

「あなたがあんなにアイススケートが上手なのは、いい先生に習ったから?」

アレックスは苦笑した。「僕はそんなにうまくないよ。きみが下手すぎるんだ」

エレノアは笑った。「ええ、でも……」頭を下げ、彼のコートのボタンを弄ぶ。「あなたは子供の頃、私よりずっとアイススケートを楽しむ機会があったのは間違いないわ」

「いや、僕が育ったブロンクスにはスケートリンクなんてなかった。だが、ローラースケート・パークはあった。週末になると、母が小遣いを二、三ドルくれるから、僕は弟や妹たちをそこに連れていって疲れさせていたんだ」そんなことを話すつもりはなかったが、彼女はうれしそうに顔を輝かせた。

「きょうだいは何人？」エレノアがきいた。

「妹が四人、弟が二人。両親は避妊をしない主義だった。何年もの間、ほとんど毎年のように赤ちゃんが生まれた。すでに生まれていた子供たちさえ満足に養う余裕がなかったのに」言い終えるなり、彼はまだ両親に恨みを抱いていることに気づいた。

「私はいつも、きょうだいがいればよかったのにと思っていたけれど、大家族にもそれなりの問題があるんでしょうね」

「ああ」家族のことを考えるとき、アレックスはいつも罪悪感に苛まれ、暗い気持ちになった。彼は弟妹を支えてきたが、しばらく疎遠になっている。そして、アレックスを見る母の目は常に非難の色を帯びていた。母は数年前に亡くなり、葬儀費用は彼が払ったが、参列はしなかった。彼の弟妹は毎年、誕生日やクリスマスカードを送ってくるが、アレックスにはその理由がわかっていた。そこに愛情はなく、本当の絆もない。そのことを確認するために、彼は大金を費やしたのだ。しかし、エレノアの目に悲しみを認め、なぜか後悔の念を呼び覚まされた。

「弟さんや妹さんはまだブロンクスに？」

「いや、今はみんなブルックリンに住んでいる」アレックスは家族のことを話したくなかった。唯一の場所、唯一の縁者たちから切り離されたあの少年のことも。あの少年はもういない。エルドリッジ・プレップの学生寮の部屋で、けっして泣くまいと血が出るまで唇を噛んでいた少年。母の許しを請いながらも、得られなかった少年。家に帰りたいと切望していた少年。その男の子は感傷的な弱虫だった。

アレックスは一匹狼（いっぴきおおかみ）に成長した今の自分のほうがずっと好きだった。意欲的で頭脳明晰（ずのうめいせき）、ビジネスで大成功を収めてとてつもない金持ちになったアレックス・コスタのほうが。

そう、僕は一匹狼だ。家族はもう必要ない。なぜなら、僕には強い自分と会社、そして五軒の家があるからだ。

「もう親しくはしていないの？」

エレノアの問いに胸を締めつけられ、アレックスはぎこちなく肩をすくめた。「連絡が取れなくなったんだ」それは完全な真実とは言えなかった。アレックスは今もまだ彼らを子会社で雇い、自ら設立した信託基金を通して子供たちの教育資金の面倒を見ている。さらに、八年前にブルックリンの街区を丸ごと購入し、彼ら全員を衰退する一方だったブロンクスから移転させた。アレックスが出した唯一の条件は、彼のプライバシーを彼らが尊重することだった。「僕と彼らにはもはや共通するものは何もない」その言葉は我ながら空虚で強引に感じられた。まるで自分が、かつてエレノアが非難したような、権力を振りかざすいやなやつであるかのように。

「寂しくないの？」

その切なげな声音に、アレックスは胸を突かれた。エレノアに自分がどう思われているかなど、彼にとっては少しも重要ではないはずなのに。彼女はただの気晴らしだ。ただし、熱くて、愉快で、甘くて、驚くほど魅惑的な気晴らしだが。クリスマスが終わり、二人を結びつけている化学反応が消えてなくなれば、僕たちは別れる。なんの未練もなく。

アレックスは今、家族の承認を、ましてエレノアの承認など必要としていなかった。同情も。

「家族が必要なら、寂しく感じるだろう」彼は答えた。それにしても、エレノアは何をそんなに悲しんでいるのだろう？「だが、僕に家族は必要ない」

「そうなの？」エレノアの目にはまだ悲しみが残っていた。「あなたは驚くほど自給自足なのね」

それが褒め言葉でないことはアレックスにもわかった。

エレノアはかつて家族に、きょうだいに憧れていた。彼女のような外向的な女性は、元大統領やハリウッドスターとも臆せずに会話ができる。エレノアのような人間にとって、隔離されたも同然の離島で育つのは苦痛だったに違いない。

だが、僕は違う。

アレックスの母親は彼を奨学金であの忌まわしい学校に追いやり、彼女の人生から切り離した。母親が彼をブロンクスにいたときよりも強い人間にしてくれたのだ。エルドリッジ・プレップでの孤独な数年間がなかったら、はたして集中力や向上心や決断力が身についただろうか？　家族というものは厄介で複雑なもので、彼の家族が与えてくれた支援は常に条件付きだった。

親友のローマンに出会うこともなかった。

そう、それが僕なのだ。根っからの自給自足——それが僕の誇りだ。

彼の言葉が胸を直撃し、エリーは震えた。そして、その冷淡な視線が、一日中ずっと包まれていた幸福の繭を突き破った。

アレックスは警告のつもりで言ったのだろうか？　僕に近づきすぎるな、この一緒にいる時間が永遠に続くと勘違いするな、と。

昨夜と同じように、今日はいろいろな意味で魔法のようだった。アレックスは今朝、氷の上でよろけるエリーを力強い腕で抱きかかえ、尻餅をつくのを何度も防いでくれた。サックスやメイシーズ、ブルーミングデールなどの芸術的なディスプレイに感嘆する彼女と、観光客や買い物客にもみくちゃにされながら五番街を散歩するのを、彼は楽しんでいた。

お昼にはサンドイッチの名店に誘い、歩道で一緒に食べた。そして、お気に入りのショコラティエでホット・チョコレートをごちそうすると、アレックスはエリーの上唇についた茶色いひげにキスをした。

日没前にセントラルパークを散歩し、冬の太陽が木立に消えていく光景を眺めながら、アレックスは彼女を抱きしめた。このときばかりはマンハッタンの魔法によって、彼の冷笑主義も影を潜めていた。なのに、家族の話になったとたん、よみがえった。

そこには恨みと怒りがあった。その理由についてエリーは考えずにはいられなかった。なぜアレックスは家族との親密なつながりをそこまで嫌うの？

私が切望していたつながりを。自分を理解してくれて、自分と共に成長し、同じ経験を積んで、一緒に回想してくれる人がいることがどんなに幸せか、彼はわからないのだろうか。痛みや悲しみ、喜びや幸福感を分かち合えることが。

もっとも、誰もが幸せな子供時代を過ごせるわけではない。エリーが幼い頃に憧れた大家族にはそれなりの困難や問題があるのかもしれない。

子供の頃、エリーは孤独で、自分の居場所があると感じたことがなかった。そのせいで、彼女はいつもより多くのものを求めていた。より多くの家族、より多くの頼れる人、より多くの思い出、より多くの人とのつながり、そして、娘の人生に意味を与えてくれる両親を。

その結果、私はニューヨークにいて、最高の人生を送りながら、心は絶対に手に入らない男性に恋をしている……。

なんですって？　恋？　エリー、あなたはアレックス・コスタに恋をしているの？

正気の沙汰じゃない。エリーは再び身を震わせた。

「寒いだろう」アレックスが気遣わしげに言った。

しかし、彼の褐色の視線を受け止めているうちに、そこに自分の望んでいる以上のものを見ているのではないかと思い、エリーは怖くなった。

「夕日を見るのに飽きたか？」彼の口調にはからかうような響きがあり、なぜか焦燥感もまじっていた。

エリーは肩越しに、太陽が沈み、空が鈍い琥珀色に輝くのを見た。彼女はごくりと喉を鳴らし、アレックス・コスタが垣間見せた仮面の奥の顔を忘れようと努めた。

なぜなら、アレックス・コスタが手の届かない存在だったのには理由があるからだ。その理由は彼女には変えられないし、問う権利もなかった。

エリーが顔を上げると、アレックスは例の警戒した表情で彼女を見ていた。ほんの少しでも警戒心を緩めたことを後悔するかのように。

あなたも自給自足の人よ、エリー。それを守らなくては。「そうね、クリスマスはもう充分」エリーは大げさに身震いをしてみせた。

「よかった」アレックスの鋭い視線は慣れ親しんだ熱を帯びていた。「きみを温めるいい方法がある」

「もちろん、そうでしょう」エリーはおどけた調子で同意した。「服をすべて脱がせるの？」

彼のくすくす笑いが彼女の冷たい肌を這い、温かな手がジャンパーの下をくぐって背中を撫でると、エリーはまたも震えた。寒さとは無関係に。

「きみは僕のことを知りすぎている」

しかし、公園を抜けて家路に就くと、エリーは彼のことをまったく知らないことに気づいた。

彼の魔法にこれ以上深くかからないようにしなければ。アレックス・コスタは魅力的で、ゴージャスで、挑発的で、あまりにセクシーすぎる。

11

クリスマス・イブの前日

「もう行くよ、シェリル」アレックスはコスタ・タワーの役員室にある個人秘書のデスクの前を通り過ぎながら言った。このアールデコ調の建物は、取り壊し寸前だったところを彼が購入し、〈コスタ・テック〉の本社として再生したものだった。彼とエレノアが感謝祭の休暇から戻るまで、彼はいつもここで過ごしていた。そして今、アレックスは彼女から離れるのがますます難しくなったと感じていた。

毎朝ベッドで丸くなっている彼女に未練を残しながら出勤するのがいやでたまらなかった。午後になると、彼はデスクに座り、日差しが磨きあげられた床を照らす中、年代物のゴールドの時計を眺め、針が四時半を指すのをひたすら待った。その時刻は、彼が早退しても問題のない時刻であり、エレノアがカクテルバーのシフトを終えてペントハウスに戻る時刻でもあった。

メルは約束どおり、エレノアを夜や週末のシフトから外した。そのため、アレックスは週末は仕事をしなくなった。この三週間にキャンセルした会議や海外出張を含めて。

しかし、考えてもしかたがない。あと二日でクリスマスだし、今のうちに彼女との相性をとことん満喫するのだ。これが最後のチャンスかもしれない。

それに、以前ならけっして参加しなかったようなイベントも、エレノアがそばにいるだけで魅惑的なものになった。彼のマーケティングチームは、二人がメディアに取り上げられるのを歓迎した。どうやらメディアは、今年の〝最も熱い独身男性〟のタイトルを獲得したのがローマンであることを忘れているようだ。アレックスはそうした注目を集めるのを望んだわけではないが、エレノアはそれを素直に受け止め、おもしろがっているように見えた。

昨夜、彼女は冗談まじりに言った。〝私の性感帯開発者としてのあなたの能力をただ利用しているだけよ〟

クリスマス期間限定の関係が終わる新年のことを考えると、アレックスの心臓は大きく打った。彼女のジョークに心から笑えなかったのは、そのせいかもしれない。年が明けたあとの彼の予定について、エレノアは何も尋ねなかった。彼女は今を生きる能力に長けているようで、新しい体験の一つ一つを楽しんでいた。

アレックスはコートを取りにウォーキング・クローゼットの中に入った。

いい加減にしろ、コスタ。彼は自らを戒めた。おまえはニューヨークのクリスマスを楽しむ方法を知っている女性と一緒に楽しんでいるだけだ。

僕が魅了されたのはこの季節であって、エレノアではない。結局のところ、公園でスノーエンジェルの作り方をデート相手に教えるために、お気に入りのデザイナーズ・コートを脱ぎ捨てるなんて、いつ以来だろう？

アレックスはクリスマス・マニアではないし、ロマンティストとでもない。しかし、昨日エレノアのシフトが終わったバーからの帰り道、彼女がスノーエンジェルをつくったことがないと白状したので、アレックスは寄り道をして、シープ・メドウの新雪の吹きだまりに彼女を押しこんだ。そのあと雪合戦になり、エレノアはヤンキースの先発投手陣よりも腕が立つことを証明した。

セントラルパークのメリーゴーランドは、二人が凍え死ぬ前に雪合戦から彼女の気をそらす唯一の手立てだった。

彼は物思いを断ち切り、コートを羽織ったが、顔にはひそかな笑みが浮かんでいた。

「承知しました、ミスター・コスタ」シェリルが答えた。「ところで、三十分前にギャロウェイ・クリニックから電話がありました。折り返し電話をしてほしいとのことです」

「ギャロウェイ？」彼は驚き、きき返した。

今週の初め、アレックスはエレノアからもらったDNAサンプルを予定どおりクリニックに送った。ローマンにはいっさい知らせずに。クリニックには、ローマンがサンプルを照合するためのDNAプロファイルが保管されていて、それを使う権限をローマンはアレックスに与えていた。もう二度とだまされないように。

「はい、遅くなって申し訳ありません。あなたはベルリンとの電話会議に出ていらっしゃって……」

「わかった。こちらから電話する」

だが、オフィスを出てズボンから携帯を取り出す彼の手は震えていた。何か見つかったのだろうか？遺伝的な疾患とか、エレノアのDNAサンプルに何か問題があったのかもしれない。クリニックがメールではなく、電話で結果を連絡する理由がほかにあるだろうか？

クリニックは二度目の呼び出しで応答し、電話を関連部署につないだ。

「ミスター・コスタ」興奮気味の技師の声が聞こえてきた。「よい知らせなので、すぐにお電話を差し上げたんです。DNA鑑定の結果、エレノア・マクレガーとローマン・フレイザーは、同じ両親から生まれた子供であることが判明しました」

アレックスは息をのみ、思わず足を止めた。「間違いないのか？」

「はい、百パーセント、お二人はきょうだいです」

そのあと技術者は科学的な専門用語を連ねて詳しく説明したが、アレックスには自分の心臓が胸壁にぶつかる音しか聞こえなかった。

エレノアはエロイーズ・フレイザーだった……。

誰もが二十年前にスコットランドのハイランド地方で死んだと考えていた赤ん坊は、離島に連れ去られたのだ。自分を愛してくれているとエレノアが信じていた男と女の手で。

とんでもないやつらだ！

十億ドルの財産の正統な相続人は、今頃は食洗機にカクテルグラスを重ねていることだろう。

アレックスはまだ現実を完全には受け入れることができず、髪をかきむしった。頭の中では、彼女の目の中にある茶色の斑点が浮かんでは消え、消えては浮かんでいた。そして今、彼はその目がローマンとそっくりなことに気づいた。

ハロウィーンの舞踏会で、ふざけたコスチュームで飲み物を運ぶ彼女を初めて見つけて以来、彼はその目に酔いしれていた。

アレックスは木枠の大きな窓から、冬の夕日を浴びて金色に輝くミッドタウンのスカイラインを眺めた。今もまだ技術者は話し続けている。

僕は親友の妹とベッドを共にした。彼女の純潔を奪い、それから何度も何度も彼女を求めたのだ。

ローマンがずっと捜し続けていた少女を。

本来ならアレックスは罪悪感や恥ずかしさを感じるべきなのだろう。だが、実際に感じているのは、二カ月前に初めて襲われた激しい欲望と所有欲だけだった。彼は冷たいガラスに手のひらを当て、悪態をついた。自分の手に負えない感情が腹の中で暴れていた。

「聞いていますか、ミスター・コスタ？　何か問題でも？」

そう、問題がある。きみは今、すべてを変えてしまう情報を僕に投げてよこしたんだ……。

「いや」アレックスはそう答えたものの、その荒い息は技術者はおろか、彼自身さえ納得させることができなかった。

再び話し始めた技術者の声に当初の元気はなかった。「ミスター・フレイザーにはこちらからお伝えしましょうか?」

「いや」アレックスは吐き捨てるように答えた。伝えるが、今ではない。時間が必要だ。まずはエレノアに伝えなくては。

僕は、エレノアがエロイーズではないことをはっきりさせるために、この鑑定を提案した。だが、心の底では気づいていたのかもしれない。第六感のようなものが、エレノアこそエロイーズだとささやいていたんじゃないか?

だから彼女に執着したのか? だからエレノアは僕にとって、ほかの誰よりも大切な存在になったのだろうか。だから僕は何週間も、恋煩いの若者のように毎日午後になると時計を気にしていたのか? そしてなぜ、エレノアのことばかり考え、彼女を求める気持ちを抑えられなかったのだろう?

兄弟のように愛し、信頼していた男の、たった一人の肉親だったから?

だが、その考えが浮かんだときでさえ、アレックスはそうではないことを知っていた。体が内からたぎるようなこの感覚、胸の中にある奇妙で狂おしい感覚、けっして取り戻せない大切なものを失ったという感覚は、第六感などという陳腐なものに基づくにしては、あまりにも現実的すぎる。そして、エレノアとローマンの生物学上のつながりについては、まだ現実とは思えなかった。

「僕が対処する」アレックスは続けた。そして電話を切る前に、彼は技師に、守秘義務を守るようにと釘を刺した。

真実が明らかになれば、トップニュースになるだろう。フレイザー家の赤ん坊が行方不明になったニュースは二十年前、世界中のメディアをにぎわせた。ローマンと出会う前、まだ子供だった彼でさえ、そのニュースを見聞きしている。十年前にローマンが始めた捜索も、多くの反響を呼んだ。

エレノアとローマンがメディアの餌食になる前に、この新たな現実に慣れる猶予が必要だった。

しかし、携帯電話をポケットにしまいながら、アレックスはそれが必要なのは彼ら二人だけではないことを知った。手が震え、胃がきりきりと痛んでいたからだ。それは、彼が八歳のときの寒いクリスマスの夜、シボレーのピックアップトラックの中で震えながら父親が戻るのを待っていたときに初めて感じた胸に穴のあいたような痛みに似ていた。真夜中のミサで懸命に祈れば翌朝サンタが何か持ってきてくれるかもしれないと期待していた少年の目に映ったのは、近所の見知らぬ家から出てきた父親が、見知らぬ女とポーチでいちゃつく姿だった。帰宅する車の中でカーマイン・コスタに〝あの人は誰?〟と尋ねると、殴られた。

〝おまえには関係ない。黙っていろよ、サンドロ。さもないと痛い目に遭うぞ。わかったか?〟

その夜、アレックスは小さな子供であることをやめ、サンタやキリストを気にかけるのもやめ、他人の秘密が自分の人生を台なしにする場合があることを知った。以来、彼は秘密が嫌いになった。

だが、エロイーズは死んだと一度は納得させた僕が、実は生きていたことをどうやってローマンに伝えればいいんだ?

そしてエレノアに、きみの過去はすべて嘘で、きみが愛した両親は犯罪者だったと、どうやって伝えればいいのだろう、彼女に嫌われることなく?

夜のとばりが下りる中、アレックスはスカイラインをじっと見た。そしてこの数週間で初めて、ペントハウスへ急いで帰って彼女を抱きたいという欲望が湧いてこなかった。

エリーは最後にティンセルを整えてツリーの飾りつけを終え、新鮮な松やにの香りを吸いこんだ。ペントハウスのガラス壁に反射し、豆電球が夜の闇を背景にきらきら輝いている。

おのずと胸がときめく。美しいツリーは、洗練された家具の印象を和らげ、空間に季節の魔法をもたらした。

カクテルバーからの帰途、コロンバスサークルのクリスマス・マーケットの屋台で、一本の小さなモミの木が売れ残っているのを見たとき、エリーはある決心をした。一度でいいから本物のクリスマス・ツリーが欲しいと思っていたからだ。それから彼女は少し気持ちが高ぶったまま、色とりどりのライト、ぴかぴかのバウブル、派手なティンセルを買って帰った。二人のメイドが設置の手伝いをしてくれ、エリーは彼女たちにチップを弾んだ。

ふとエリーは首をかしげた。この洗練されたデザイナーズ独身寮がこんなふうに変身したのを見て、アレックスはどう思うだろう？

彼がクリスマスに興味がないことは知っていたけれど、ここ数週間、彼はエリーと同じようにクリスマスを楽しんでいるように見えた。数日前、公園でスノーエンジェルのつくり方を教えてくれたあと、雪合戦に興じた。そして、びしょ濡れになった甲斐があった。彼のヘーゼルナッツ色の瞳に浮かぶ少年のような輝きと、そのあとの雪上バトルで負けたときの自嘲めいた笑顔を見ることができたのだから。

一日中潜んでいた笑みがエリーの顔に広がり、ガラス壁に浮かんだ。

きっとアレックスなら気にしない。新年が訪れて別れる前に、最高のクリスマスのもう一つのすばらしい思い出になるに違いない……。

やめなさい、感傷的になるのは。約束したでしょう、けっして後悔しないって。

そのとき、エレベーターのドアが開く音が聞こえ、エリーは気を取り直してほほ笑んだ。ああ、やっと帰ってきた。ツリーを見せるのが待ちきれない。

彼女は部屋の明かりを消した。マンハッタンのスカイラインに照らし出された色とりどりのツリーの魅惑的な効果に息をのみ、それから廊下に出た。

「アレックス、サプライズがあるの」

エレベーターから降りてきた彼に、エリーは朗らかに笑いかけた。だが、帰宅するたびに、あるいはバーから帰った彼女を迎えるたびに、彼が浮かべる感謝の表情は、今日に限ってはかけらも見えず、その代わり、疲れきり、そして妙に緊張した表情がそこにあった。

「やあ、会社でちょっとした問題が生じてね」アレックスはそう言ってマフラーを外し、ブリーフケースを玄関ホールのテーブルに置いた。そして、いつもならエリーを抱き寄せてキスをするのに、ただその場に立ちつくしていた。

「どんなサプライズ?」

彼が尋ねるのと同時に、エリーも尋ねた。

「どんな悪いことが起きたの?」

「いや、なんでもないよ。どんなサプライズ?」

その鋭い口調から、彼女は何かよくないことが起きたのだと確信した。

エリーはもう八時だということは気にしないよう心がけた。彼女はアレックスと一緒にツリーの飾りつけをしようと思っていた。二人はいつも、ほとんど同じ時刻に帰宅するか、あるいは彼が先に帰宅していた。

帰宅して彼の姿が見えなかったとき、エリーは今どこにいるのかと彼にメールをしかけて思いとどまった。私は妻ではなく、ガールフレンドですらないのだから。これは祝祭シーズンの逃避行であり、それ以上のものではないのだ。

そう自分に言い聞かせて二十分ほど気持ちを落ち着かせたあと、エリーは一人でツリーの飾りつけに取りかかった。そのほうがインパクトがあると無理やり自分に思いこませて。

「どんなサプライズなんだ？」アレックスが再び尋ねた。

エリーはこみ上げる不安を押し殺し、再び顔に笑みを張りつけた。

私は愚かな間違いを犯したのだろうか？　ツリーを買ったことで図らずも一線を越えてしまったの？

このペントハウスで同居を始めて三週間、毎朝、朝食を共にしたり、週末の朝をのんびりとベッドで過ごしたりしていた。二人はペントハウスを祝祭期間の冒険の拠点とし、掃除用具置き場以外のあらゆる場所で愛し合った。彼は何度か料理をつくり、彼女もまた料理にいそしんだ。そして地元のレストランからテイクアウトしたごちそうを分け合い、ある晩は安っぽい泣ける映画を、次の晩は派手なアクション映画を見ながらソファでうたた寝をした。

そんな親密な時間をたくさん過ごしたのに、エリーは今、何時間も前からわくわくしながら用意したサプライズに不安を抱き始めていた。

エリー、もういい加減に気に病むのはやめなさい。心の声が戒めた。クリスマス・ツリーくらい、大したことじゃないでしょう。彼のペントハウスの壁紙をタータンチェックの紙で張り替えたわけでもあるまいし。

「ああ、そうだったわね」エリーはそう言って腕を差し出し、彼を廊下へと案内した。「こちらへどうぞ、ミスター・コスタ。クリスマスの妖精たちは大忙しよ……」

彼女はアレックスを部屋に招き入れた。ツリーが灯台のように光をまき散らし、色とりどりの華やかなイルミネーションが輝く空間へと。心臓が早鐘を打ちだす。

長い間、アレックスは何も言わなかった。エリーは振り向くこともできず、沈黙が長びくほどに胸の締めつけが強くなった。

もうクリスマスに飽きてしまったのかしら？　それとも、私に飽きたの？

その考えが頭の中でぐるぐるまわり、エリーを動揺させた。二人の関係は、季節そのものと同じく期限があるのに、いつから私はそのことをときどき忘れるようになったの？

「ツリーか……クリスマス・ツリーだ」

彼の不機嫌そうな声に、彼女の警戒心と不安はますます募った。

「ええ、きれいでしょう？」エリーはようやく彼を見た。彼の黒い瞳には色とりどりの光が輝いている。けれど、その表情は冷酷な仮面そのもので、彼女に見せまいとする深い感情を隠しているのがわかった。

それは、先だって公園で彼に家族のことを尋ねたときと同じ表情だった。

「いやなの？」エリーは傷つきながらも、さりげなくきいた。ただの木よ、大げさに反応してはだめ。

トランス状態から目覚めたかのようにアレックスは目をしばたたき、視線を彼女に注いだ。そこにエリーが見て取ったのは退屈さでも無関心でもなく、すべてを焼きつくすような激しい情熱だった。

アレックスは彼女の手首をつかみ、腕の中に引きずりこんだ。「おいで」うなるように言う。

エリーがその言葉に従うと、アレックスは彼女の顔を両手で包み、唇を重ねた。そして、舌が深く差しこまれた瞬間、自棄めいたキスは希求するようなキスに変わった。彼の両手がエリーのヒップを撫でまわし、彼の興奮のあかしが腹部を突き刺すと、彼女は反応せずにはいられなかった。エリーは口を開いて応え、彼に自分の欲求をぶつけた。

何が起こっているのか、なぜアレックスがこれほどまでに緊張しているのか、なぜ彼の感情がこれまで見たこともないほど不安定なのか、エリーにはわからなかった。けれど、それがなんであれ、無関心よりはましだと感じた。

アレックスはブラジャーのホックを外し、彼女の胸に顔を押し当てて、硬くなった頂を左右交互に激しく吸った。

「僕にはきみが必要だ」

その声ににじむ絶望感がエリーの情熱をさらにかきたてた。アレックスの髪に指を差し入れて頭をつかんだものの、服を剥ぎ取られたとたん、エリーは彼を解放せざるをえなかった。アレックスは彼女の裸身を抱き上げてソファに寝かせると、自分も生まれたままの姿になって覆いかぶさった。そして脱ぎ捨てられた衣類の山から見つけた財布から避妊具を取り出し、震える指で張りつめた興奮のあかしに装着した。

アレックスの顔に浮かんでいた暗い欲望は、それ以上のもの——残忍で異様な何かに変わっていた。彼はエリーの腰をつかみ、角度を定めていっきに貫いた。

その尋常ならざる力強さに、エリーは圧倒された。アレックスが動きだし、何度も抜き差しを繰り返すと、自分は奪われ、貪られていると感じた。何を隠しているにせよ、彼は間違いなくエリーを必要としていた。

すさまじい快感が波のようにうねってエリーを打ちのめしていく。アレックスはうなり、ペースを上げ、あっという間に彼女を悦楽の頂点に押し上げた。

エリーは荒れ狂う欲望の嵐の中で、彼の目に映る痛みを理解しようと試みた。落下するのを恐れ、断崖絶壁の縁にしがみつきながら。

そして、凶暴な絶頂が彼女を蹂躙（じゅうりん）して一突きした瞬間、エリーは究極の快感の繭に包まれて深淵（しんえん）に落ちていくのを感じ、絶叫した。

数秒後、アレックスもエリーの名を叫びながら自らを解き放ち、彼女の上に倒れこんだ。

二人の荒い息遣いが静かな夜を満たす中、ほんの数分前まで甘美に思えたツリーのイルミネーションを眺めながら、エリーは恐怖を感じていた。

なぜなら、負けたと気づいたからだ。アレックス・コスタから自分の心を守るために何週間も繰り広げてきた闘いに。

12

クリスマス・イブ

アレックスはベッドから起き上がり、バスルームに向かった。シャワーの水流をジェットにして、体を無理やり目覚めさせる。

昨夜、彼は数えきれないほどエレノアを天国へと連れていった。そして、彼女と並んでベッドの背にもたれ、冷たくなったテイクアウトの料理を食べた。ツリーのイルミネーションにあざ笑われているように感じながら。

エレノアの中に身を沈めれば沈めるほど、彼女の目に慈愛が宿れば宿るほど、アレックスは絶望的な気持ちになった。

彼は一週間以上前から、今日エレノアとクリスマスらしいことをするのを楽しみにしていた。仕事を休んで、公園で雪だるまをこしらえたり、シェフを雇ってテラスで豪華なディナーをつくってもらったり……。彼女にプレゼントも買っていた。いつものように個人秘書に頼むのではなく、自ら選んで注文した。メルの計らいで、エレノアは今日バーのシフトに入る必要もなかった。

しかし、寝室に戻り、ベッドで丸くなって眠っている彼女を見ると、胸が苦しくなった。

今日、彼女と一緒にクリスマスを過ごすには、彼女に話さなければならない。ローマンのことや、彼女が信頼していた人たちのことを。

アレックスは、彼女との取り決めを年明け後も延長できると思っていた。だが、昨夜の間に気が変わり、エリーと別れようと決意した。彼女を手放さないという幻想に生きるのはやめようと。

というのも、これ以上の引き延ばしは、彼が与えることのできない約束をエレノアにすることを意味するからだ。昨夜、あのツリーに衝撃を受けたあと、アレックスはエレノアの目に、ある感情が浮かんでいるのを見た。そして、彼女は恋をしていると確信した。

けれど、エレノアは僕のことを知らない。なぜなら、僕は彼女にあの男を会わせていなかったからだ。何年もの間、自分の母親に嘘をつき続け、家族を遠ざけ、誰とも約束を交わすことができなかった男を。親友のローマンの妹と寝た男を。

僕はエレノアを利用したのだ。彼女に出会う前の人生で、僕に近づきすぎたすべての人を利用したように。

アレックスはウォークイン・クローゼットに足を踏み入れた。服を着ながら、計画していたクリスマス・イブが失われたことへの後悔の念に駆られた。自分では認めていなかったが、それ以上の何かを期待していたのだ。彼女の正体だけでなく、自分の正体も知る前までは。

もともとアレックスはスノーエンジェルをつくったり、派手に飾られたクリスマス・ツリーに感動したりする男ではなかった。エレノアを手放す覚悟ができるまで、数日は彼女がローマンの妹であることを隠しておくつもりだった。

彼女がそのことを知れば、二人の関係は終わる。エレノアは物事を現実的に考える人間を装った、絶望的なまでにロマンティストな女性だからだ。

アレックスはエレノアのほうを振り返らずに寝室を出て、エレベーターに向かった。まだ朝は早く、雪雲の切れ間から弱々しい光が差しこんでいた。

地下の駐車場に着くと、彼は携帯電話を取り出し、エレノアに短いメールを送った。今夜はペントハウスで彼女と二人きりになりたくなかった。

しかし、車を走らせるなり、胸の奥の痛みは大きくなるばかりだった。そして、オフィスで一人きりで一日を過ごすことを考えると、自分の一部を置き去りにするような気持ちに襲われた。

〈今日は仕事に行く。七時に外で夕食をとろう。車で迎えに行くよ〉

エリーは目を覚ましてから携帯に届いていたメールをもう一度読んだ。ビジネスライクで、妙によそよそしいその文面から、昨夜、無表情で帰宅した彼のことを思い出した。

でも、今日はクリスマス・イブよ。仕事なんてできるわけがない。エリーはまばたきをした。

私たちは何度も愛し合った。そして、彼に抱きしめられるたびに、私が彼にとって唯一の女性であるかのように抱かれるたびに、私が何週間も自分に言い聞かせてきた嘘の数々は燃え上がり、残るのは恐ろしい真実だけとなった。

私は絶望的な恋に落ちてしまったのだ。ニューヨークで最もホットな独身男性でありながら、地球上で最も感情を持たない男性に。

　これは単なるクリスマスの魔法でもなければ、昨夜の羽目を外したセックスの仕業でもない。これは、私がけっして断ち切ることができないだろうと恐れていた、深く本能的なつながりだ。アレックスが愛を返してくれないのは明らかなのに。今後もその可能性はない。なぜなら、彼はいつも自分の本当の姿を隠しているから。

　この気持ちをアレックスに伝えるべきなの？　でも、ここにいないのに、どうやって？　なぜ彼はクリスマス・イブに仕事に出かけたの？　もしかして、私の気持ちを察知して、面倒を避けることにしたのかもしれない。

　朝から雪が降り続いていた。アレックスのメールを見たあと、エリーはメルに今日は追加のシフトが必要かどうか尋ねた。すると、カクテルバーのオーナーは彼女に、ゆっくり休んで、クリスマス休暇を楽しむようにと言った。

　言うは易く、行うは難し。エリーの心は崩壊寸前だった。彼女には気を紛らす何かが必要だった。

　子供の頃のエリーは、自分で楽しみをつくるのが得意だった。この三週間で、どうしてそれを失ってしまったのだろう？

　今、私はそれを取り戻すべきなのだ。

　ペントハウスの豪華な娯楽室にあるミニ・シアターに入ったエリーは、ポップコーンをつくったあと、ヴィンテージもののシャンパンをグラスにつぎ、オレンジジュースで味を調えた。

　恋煩いに陥っているのかもしれないが、自分のわがままな心やアレックス・コスタのつれない態度によって、最高のクリスマスが台なしになるのを、エリーは許さなかった。

電話が鳴り、エリーは目を覚ました。あくびをしながら、つけっぱなしだった昔ながらのロマンス映画のスイッチを切り、受話器を取った。アレックスの気が変わったのかもしれないと期待して。

「ミス・マクレガー、ミスター・コスタの親族だという女性からお電話です」声の主はペントハウスのサービスマネージャーのエドで、苦々しげに続けた。「とてもしつこく、緊急事態だと訴えています」

アレックスの親族の女性が？　エリーは不安と共に好奇心を刺激された。もしかしたら彼の家族に何かあったのかもしれない。だとしたら、たとえ今は疎遠であっても、彼は何があったか知りたがるはずだ。場合によっては彼の携帯電話の番号を教えてもいいと思いながら、電話に出た。「こんにちは」

「こんにちは。私はミア・コスタ、サンドロのいちばん下の妹です。今話した男性は信用できないわ。そこにいるの？」その女性はブルックリン訛りの鋭い口調で尋ねた。

「サンドロ？」エリーは戸惑いながらも、その女性の決然とした様子に感心した。エドにはたいていの人を怖がらせる雰囲気がある。

「サンドロ、私の兄よ。アレッサンドロ・コスタ」女性は答え、大きなため息をついた。「あなたはアレックス・コスタとして彼を知っているでしょう。彼が幽霊になる前は、サンドロだったの」

「ああ、なるほど」エリーは若い女性のいらだちを理解した。エリーにとっても、今日のアレックスは幽霊同然だった。「ごめんなさい、彼は今オフィスにいて、ここにはいないの。でも、エドは緊急事態だと言っていたけれど？」アレックスと同じく活力に満ちた声から、その女性が本物の妹だと確信し、エリーは先を促した。

「あなたの訛り……」彼の妹は口調を和らげて言った。「あなたがスコットランドの謎の少女なのね？　インターネットであなたと兄の写真を見たの」

「ええ……そうよ」エリーは後ろめたさに顔が熱くなるのを感じた。ミア・コスタの長兄は、性的な面を除けばもう彼女に夢中になっていないからだ。

「あなたと話せて本当にうれしいわ」ミアが言った。その声にこもる熱量はエリーを驚かせた。「みんな、とても興奮していたのよ。サンドロもそろそろ恋の虫に取りつかれてもいい頃だって。アリアナでさえ……」彼女はほんの一瞬ためらった。「私のいちばん上の姉よ。彼女はサンドロより十カ月年下で、三人の子供がいるの。でも、離婚していて、ネズミのような元夫が秘書と浮気をして以来、ロマンティックな夢は見なくなった」

ミアは息をつき、エリーに情報を整理する貴重な時間を与えた。

「写真のサンドロはとても幸せそうで、独占欲が強そうで、あなたをけっして手放さない――そんな感じだった。私でさえうっとりしたわ、彼は私の兄なのに」ミアは笑った。「それで、あなたは彼のペントハウスに住んでいるのね？　すごいわ」彼女は興奮した様子でつけ加えた。「マッテオ――私の二番目の兄は二十六歳の消防士なんだけれど、彼はサンドロのペントハウスを〝独身の要塞〟と呼んでいるくらいだから、サンドロはあなたのことを本当に愛しているんでしょうね」

「そう言っていただけるとうれしいわ」エリーはひどい勘違いに打ちのめされながらも、ミアには好意を抱いた。アレックスは家族と連絡が取れなくなったと言っていたが、どうやら家族のほうは彼とのつながりを断ったつもりはないらしい。ミアが言ったように、彼は幽霊になってしまったのだろうか。もしそうなら、どうして？「でも、ここにいるのはクリスマスが終わるまでなの。私たち二人にとって、これはちょっとした休暇のお遊びにすぎないの。大げさに考えないで」

「本当に？」ミアはまったく納得していない様子できき返した。

「そんなことより、緊急事態とやらは？」エリーは話題を元に戻した。

「そういうわけじゃないわ」ミアはおずおずと切りだした。その声には後悔まじりの切なさがにじんでいた。「毎年、感謝祭とブルックリンのクリスマスにサンドロを招待しているのだけれど、彼はいつも来ない。それで、今年はもっと積極的に誘おうと思って。みんな、もうずいぶん彼に会っていないの。彼に一度も会ったことがない姪や甥が何人もいる。家族の誰もが、サンドロのしてくれたことに感謝する機会もない。ばかばかしい限り。兄が子供の頃に起こった出来事に問題があるのは知っている。アリアナと私のもう一人の姉イザベラの話では、父の死後、母はいつもサンドロに厳しかったそう。彼は父にそっくりだったから、そのせいかもしれない」ミアはため息をついた。「でも、母は十年も前に亡くなっている。クリスマスに家族みんなが集まるのに、兄だけがいないなんて、どう考えても変よ。アリアナとイザベラは特に会いたがっていると思う」

「ええ、確かに」エリーはほかになんと言ったらいいかわからなかった。

「せめて電話があったことだけでも伝えてもらえないかしら？」ミアはそう言って、エリーが返事をする前に続けた。「私たち全員が会いたがっているから、明日は顔を見せてって。みんなと別々に会うよりは気楽じゃないかしら。大勢といっぺんに会うのは圧倒されるかもしれないけれど」

エリーには、アレックスが何かに圧倒される姿を想像できないが、いずれにせよ、彼女の出る幕はなかった。とはいえ、ミアから電話があったことを伝えても、なんの差し障りもないはずだ。「何も約束できないけれど、彼にきいてみるわ」

「ありがとう」ミアはいかにもうれしそうに言い、言葉を継いだ。「アルドの家で会うと伝えて。私のいちばん下の兄よ。二週間前に、彼と恋人のサミーに子供が生まれたの。初めての子で、ルカ・アレッサンドロ・カルミネ・コスタ。それが私の言うところの〝緊急事態〟よ」彼女は笑い、最後につけ加えた。「住所は一五四三ウエスト・アカシア通り。ミサのあと、正午からそこにみんな集まるの。サンドロは場所を知っているはず。彼が私たちのために購入してくれた区画だから。じゃあ、また明日」

エリーが言葉を挟む間もなく、電話は切れた。

彼女は唖然として受話器を見つめた。私は今、いったい何に同意したのだろう？　わからない。一つ確かなのは、アレックス・コスタとミア・コスタの間に血縁があるということだ。ミアにも、私をバスに轢かれたような気分にさせる能力があるのだから。

午後七時二十分、黒い大理石の階段を下りて、マディソン街の高級レストラン〈セブン・トゥエンティ〉に入ったとたん、エリーは息をのんだ。白と金色のクリスマス仕様の装飾が、モダンな空間を引きたて、大理石のコーニスと二重天井に魅惑的な輝きを添えている。かつては商業の殿堂だったが、現在はアメリカ最高のモダン料理の殿堂になっていて、それに見合う驚くほど高価な料理が用意されている。アレックスの運転手から店名を教えられ、オンラインでメニューをチェックした際、エリーは衝撃を受けた。

奥の個室ブースへと案内されると、携帯電話を操作していたアレックスはさっと立ち上がった。そのとたん、彼女のみぞおちのあたりがかっと熱くなった。

彼は長身で筋肉質の体をビジネススーツに包んでいるが、ジャケットは脱いでいた。ネクタイも外している。彼は彼女の全身を目で追い、顔を輝かせた。「エレノア、きみは信じられないほど美しい」アレックスがつぶやいた。

しかし残念ながら、彼に求められていると知っても、エリーの胸は以前のようにはときめかなかった。アレックスの向かいのブースに滑りこむと、警戒心を込めて無理やりほほ笑んだ。

「ありがとう。努力の甲斐があったわ」この三週間、スタイリストが彼女のために用意してくれたたくさんのドレスの中からエリーが選んだのは、ヴィンテージものの赤いベルベットのデザイナーズ・ドレスだった。三十分前に身につけたとき、彼女はペントハウスを出ていくときにはこのすばらしいドレスを置いていかなければならないと思い、切なくなった。ドレスもアクセサリーも、クリスマスが終われば使い道はない。「この国で最高級のレストランを予約したとあらかじめ言ってくれたらよかったのに。もし私がジーンズにTシャツという格好で現れたらどうするつもり？」

アレックスは低く笑ったが、その声は妙に緊張していた。「それでも、きみを一目見たら、裸にしたいと思うだろうな」ヘーゼルナッツ色の目に宿る興奮は、彼が半ば本気であることを物語っていた。

たちまちエリーの肌はざわめき、鼓動が速くなった。「あなたって、そんな人だったのね」彼女は声から憧れを消し去り、二人の関係の大きな基盤であり、彼女が感情の深みに陥るのを防いできた軽妙なユーモアを維持しようと努めた。あいにく、最も必要としていた明るさは取り戻せなかったが。

「そう、僕は有罪だ」茶化すように言ったものの、エリーが慣れ親しんだ機知は感じられず、その代わりに、彼女をより不安にさせる響きがあった。「エレノア、きみに言っておきたいことがある」ユーモアのかけらもない表情で切りだす。

そのとき突然、エリーは悟った。彼は二人の関係が終わったことを告げようとしているのだと。

でも、まだ彼を失う準備ができていない……。

動揺したエリーに落ち着かせる時間を与えるかのように、ウエイターが飲み物の注文を取りに来た。しかし、彼が去るとすぐに、アレックスの視線は彼女に注がれた。強烈で、警戒心と決意に満ちた視線は、彼が伝えるべき苦い真実が存在することを物語っていた。アレックスが口を開きかけると、エリーはパニック寸前に陥った。

ああ、今は言わないで。エリーは機先を制して、先に口を開いた。「私もよ、アレックス。実は今日、あなたの家族に会ったの」

アレックスの眉が跳ね上がり、口が閉じられた。一瞬にして無表情になり、顎がこわばる。「今、なんて言ったんだ?」

彼は怒っているというより、唖然としているようだった。これほど動揺した彼を見るのはこれが初めてだ。「まあ、実際に会ったわけではないんだけれど。あなたのいちばん下の妹さんと電話で長いこと話したの」エリーは彼の動揺を和らげようとするかのように、必死にしゃべり始めた。「ミアは私に、あなたのほかのきょうだいの話をしてくれた。アリアナは離婚して三人の子供がいるとか、マッテオは消防士になるための訓練中だとか。イザベラもあなたと会えなくて寂しがっているそうだし、アルドは恋人との間に子供が生まれたんですって。あなたのきょうだいはあともう一人いたと思うけれど、その人の話は出なかったわ」

「ルシアだ」アレックスは感情を込めて六人目のき

ようだいの名をつぶやいた。それから髪を無造作に撫でつけたかと思うと、いきなり悪態をついた。その裏にある怒りが彼女を緊張させた。

「ごめんなさい、よけいなお世話よね」エリーはそっと言って手を伸ばし、白いテーブルクロスの上で握られている彼の拳を包んだ。

そのとたん、拳がぴくっと動き、アレックスは手を引っこめて彼女の慰めを拒絶した。そしてエリーの顔を探るように見つめた。その目に浮かんでいたのは、彼女が予期していた怒りではなく、緊張だけだった。まるで自分の感情を一本の糸でつなぎ止めているかのように。

その糸を切りたくなくて、エリーは何も言わなかった。自分にそんな権利はないとわかっていたからだ。アレックスは彼女を見つめてはいるものの、自分の殻に閉じこもっているように見えた。

ウエイターが飲み物を持ってきた。アレックスにはスコッチ、彼女にはドライ・マティーニを。彼はタンブラーを取り上げると、いっきに飲み干して、乱暴にテーブルに戻した。

「ご注文はお決まりですか?」ウエイターは張りつめた空気に気づかない様子で尋ねた。

「いや」アレックスはウエイターを震えあがらせるのに充分な声音で応じた。視線をエリーのほてった顔にすえたまま。「決まったら呼ぶよ」

ウエイターがそそくさと立ち去ると、アレックスは怒気を込めて言った。

「どうやってミアの番号を知ったんだ?」

「彼女のほうからペントハウスに電話をしてきたの、あなたと話すために」

アレックスは顔をしかめた。「なんのために?」

「明日、ブルックリンで開かれるクリスマスの集いにぜひ来てほしいって」彼が口を開く前に、エリーは続けた。「あなたは行くべきだと思う。お母さまが亡くなってからもう十年になるんでしょう？」

　信じられないという彼の表情を見て、エリーは一線を越えてしまったと悟った。けれど、もう後戻りはできないし、それは悪いことではないはずだ。母親との軋轢（あつれき）に、きょうだいを巻きこむのは理不尽だ。アレックスが家族を避ける理由がなんであれ、彼のきょうだいがその理由を知らないのは明らかだ。少なくとも、彼はきょうだいたちに説明する義務があるんじゃない？

　彼のしかめっ面は破壊的な威力を増したが、その背後には罪悪感が透けて見えた。もし彼がこの状況を気まずいと思っているのなら、なぜそれを正そうとしないのだろう？　この十年間、彼には家族との関係を修復する時間があったのに、なぜ何もしなかったの？　彼は行動力に秀でていて、常に欲しいものを手に入れる。それがビジネスで大成功を収めた一因であり、彼の魅力の一つでもある。

　私は両親から、欲しいものを追い求めることは無謀で危険なことで、現状を受け入れないのがおまえの最大の欠点だと言われてきた。アレックスは、それが間違いであることを証明している。自分が望むものを追い求めることは、危険はあるかもしれないが、本質的にはいいことなのだ。彼はここ数週間、今このときを生き、あらゆる感覚を楽しむようにと私を励ましてくれた。アレックスを失ったとき、私は彼の活力やエネルギーを恋しく思うだろう。

　アレックスにも葛藤があると知った今も、彼への愛情が薄らぐことはなかった。彼には隠しておきたい弱点がある。ときには、見かけほどには自信や確信がなかったりすることも。

　再び彼の手を包みこみ、視線を合わせると、エリーの心臓が大きく打った。アレックスはいらだちをすぐに隠したが、今度は手を引っこめる代わりに、手をひっくり返して指を絡め合わせた。

そのしぐさにエリーの中で愛が大きくふくらんだ。

「もしよければ、一緒に行くわ」彼女は優しい声で言った。もし彼が家族との溝を埋める手助けができるのなら、クリスマスの思い出以外にも何かを残せるかもしれない。「私もみんなに会いたい。ミアはとても楽しそうな人だった。彼女はあなたが味方を必要とする場合に備え、私も招待してくれたの。彼女いわく、あなたはきっと圧倒されるって」

「きみにはわからない」アレックスはつぶやいた。

彼はエレノアの手を放したが、まだ指に彼女の感触が残っていた。彼女は僕がどんなろくでなしか知らない。僕がいかに彼女を利用したか。

アレックスは一日中エレノアのことを、昨日明かすべきだった秘密のことを考えていたが、勇気がなくて言えずじまいだった。そして、エレノアは今、ローマンとの関係についてもう一日話すのを引き延ばす完璧な口実を彼に与えた。

それを受け取るべきではなかったし、彼の一部は、それを受け取りたくないと主張していた。今さら弟妹に会いたいとも思わなかった。

しかし、彼の記憶どおりであれば、ミアは火の玉のような女の子で、問題を放置するのが我慢できず、とんでもなく粘り強かった。

エレノアの顔には、かつての少年への思いやりだけでなく、好奇心が浮かんでいる。ミアはエレノアに、彼女に何ができ、何ができないかを示す絶好の機会をもたらしたのだ。

彼女は大家族に憧れていた。それが自分に居場所を与えてくれると信じて。実際、エレノアに欠けているのは、それだけだった。彼女を盗んだ人たちとは本当の意味では家族ではない。アレックスはエレノアを盗んだロスとスーザンのマクレガー夫妻を憎みたかったが、できなかった。なぜなら、彼も同じ罪を犯したからだ。エレノアの無邪気さや純真さ、思いやり、楽観主義、正直さ、そして人生に対するエネルギーを、彼は吸い取ってしまったのだ。まるで吸血鬼のように。

昨夜エレノアを何度も絶頂に導いたとき、アレックスは彼女が恋をしていることに気づいた。そして、アレックスはそれを自分の活力の糧にしていた。今日、僕が彼女から逃げ出した本当の理由はそれだったのだろうか？　明かしたくない秘密があったからというだけではなく。

「わかった、明日ブルックリンに行こう」アレックスは言った。乗り気でないことを隠そうともせずに。

「本当にいいの？」エレノアの眉が額まで上がり、目がきらきらと輝いた。

おなじみの熱が腹部に生じ、アレックスは、この状況において自分が理解しているのはこの熱だけだと悟った。エレノアは彼を根本から変えてしまったのだ。二十年近く距離をおいていた家族に会いに行くほうが、混乱した感情を抱えたままクリスマスを彼女と二人きりで過ごすよりましだと判断させるほどに。

「ただし、一つだけ条件がある」彼はつけ加えた。

「何？」

「そのことについては話す必要はない。あるいは、食事や、僕がきみにそのドレスを脱いでほしいかと思っていること以外のことは」

「了解よ、飽くことを知らないミスター・コスタ」

エレノアが浮かべた明るい笑みに、彼の体温は急上昇した。

13

クリスマス当日

「ここだ。アルドの家は左側だと思う」

ブルックリンの新興地区に立ち並ぶ家々を車の中から眺めながらアレックスが言った。

エリーは彼の顎がこわばるのを見た。雪に覆われた芝地の斜面に整然と立ち並ぶ木造家屋のポーチには、フェアリー・ライトがつるされていた。三階建てのアルドの家は、濃い緑色の壁に白い縁取りが施され、家を囲むようなポーチとドーマー窓、そしてとがった屋根が印象深い。前庭には雪だるまが二つ立っていた。

アレックスは居心地の悪そうな顔をしている。エリーは、彼がミアの誘いに応じたことがいまだに信じられずにいた。今朝それが実行に移されたことも。これまでのところ、彼女の望んだとおりだった。楽しくて、不思議で、感動的でさえある。

今朝、エリーが目を覚ましたとき、ベッドに彼の姿はなかった。けれど、うれしかった。昨夜、レストランから戻ると、二人は激しく愛し合った。その余韻に浸るうちに、彼女はアレックスに自分の気持ちを打ち明けそうになった。しかし幸い、なんとかこらえた。エリーは何よりも、尊厳を持って彼との関係を終わらせたかった。そのためには、自分の感情をコントロールする必要があった。危うくそれが吹き飛ぶところだった。

厚いパンケーキと新鮮なベリーの朝食のあと、アレックスはツリーの前で彼女に黒くて細長いベルベットの箱を手渡した。中に入っていた美しい銀のネックレスの先に垂れ下がっているのは本物のサファイアに違いなく、エリーは息をのんだ。そして、涙がこみ上げて目がちくちくした。

最初、彼女の本能は、この豪華な贈り物を拒否するよう促した。こんな宝石を、いったいどんな場で身につければいいのだろう？　先だって思いきってごみ箱に捨てた帽子のあとがまとして買ったニット帽の値段の五千倍はするだろう。

しかし、アレックスが箱からネックレスを取り出して彼女の首にかけ、うなじにキスをした瞬間、エリーの肌の上で炎が燃え、言うべき言葉を失った。

それからシャワーを浴び、ブルックリンに出かける身支度に取りかかったときも、エリーはその大げさな贈り物について何も言わなかった。美しく、めまいがするほど刺激的だけれど、結局はファンタジーなのだ。たとえ二度と身につける機会がなくても、初めて愛した男性との思い出の品として、ずっと手元に置いておくつもりだった。このような根本的な間違いを犯したからといって、自分を責めすぎないようにという戒めにもなるだろう。

もっとも、アレックス・コスタは、短い期間だったけれど、多くのものを授けてくれた。そんな彼を失う痛みに、私は耐えられるだろうか？

「彼はうまく改装したようだな」アレックスはぼんやりと言った。

「ミアは、あなたが家族のためにこのブロックの家をすべて買ったと言っていたけれど、それが本当なら、実に気前がいいのね」

アレックスは顔をしかめた。「そうじゃないんだ。八年前、取り壊しの話が持ち上がったとき、建物の多くは歴史的建造物だから、壊すのは残念な気がして、ほとんどたたき売りも同然の価格で買ったんだ。だが、そのまま放置したら、我が社の企業イメージに傷がつくかもしれない。それで、まだブロンクスに住んでいた妹や弟に、自分たちで改築工事をして引っ越せるよう資金を与えたんだ。街並み保存のモデルとして〈コスタ・テック〉も出資している。だから、経済的にはウィン・ウィンで、広報チームも大いに喜んだ。それが真相さ。あくまで賢明なビジネス上の決断だった。善意でやったことではない」

「わかったわ」なぜ家族を大切に思っていることを認めたくないのか、エリーには不思議でたまらなかった。彼の弟妹たちは今、ブルックリンの美しい地域に住んでいる。彼らの財力だけではとうてい賄いきれないはずだが、アレックスは、彼らに労働力を提供させることで、彼らのプライドを守ってもいる。

「残念ながら、彼らはその点を理解しようとしないんだ」美しく保存された古き家並みを眺めながらつぶやき、アレックスは重いため息をついた。

「気が進まないなら、このまま帰ってもかまわないけれど?」エリーは言った。

アレックスは肩をすくめた。「いや、大したことじゃない。あまり長居する気はないし」

しかし車から降り、ワインのボトルとプレゼントとして買った冬咲きの花の花束を手にしたとき、エリーはそれが〝大したこと〟だとわかった。アレックスが彼女の手をぎゅっと握ったからだ。

ポーチに近づくと、家の中から笑い声と話し声が聞こえてきた。ベルを押しながら、彼が必死に肩から力を抜こうとしているのが、エリーにはわかった。

数秒後、ジーンズにエプロン、クリスマス柄のセーターを着た女性がドアを開けた。背が高く、彫像のようなその女性は、アレックスと同じくゴージャスな美貌の持ち主だった。肌の色も似ている。

チョコレート色の目を見開き、頬を紅潮させながら、女性は息をのんだ。

「やあ、アリアナ」アレックスは不機嫌そうな声で言った。

エリーはその女性がアレックスのすぐ下の妹だと気づいた。

アリアナは口元に手を当て、目を輝かせた。「サンドロ……」唖然とした顔にみるみる喜びの色が広がっていく。「あなたが目の前にいるなんて信じられない」

「僕もだよ」アレックスはまだ緊張していたが、その声音には感情がこもっていた。

エリーは突然、数週間前にセントラルパークで彼が話したことが事実ではないことを知った。この再会はアレックスにとって、妹と同じくらい大きな意味があるのだ。

アリアナは叫び、兄の首に腕をまわした。アレックスが妹を両手でしっかり抱きしめたとき、大勢の男女が奥から姿を現した。同じように見事な骨格と美貌を持つ幾人もの男女が喜びを爆発させて、挨拶を交わしたり抱き合ったりする光景は感動的だった。中には、アレックスの背中をたたいたり、エリーに向かって自己紹介したりする者もいた。

大勢の人たちに囲まれ、家の中に通されると、肉やニンニク、ハーブやスパイスの匂いが、会話と笑い声に満ちた明るく風通しのよい空間に充満していた。彼らのアレックスに寄せる愛情は紛れもなく本物で、エリーは感銘を受けた。そしてマッテオが〝ついにサンドロが巣穴から抜け出して僕たちに会いに来てくれた〟と言ったように、彼らの歓迎ぶりはすさまじく、それはエリーにも向けられた。彼女は知らず知らず涙を流していた。

リビングの一角には大きなツリーがあり、木の床はぴかぴかに磨かれていた。キッチンには大勢の人が集まり、前菜やラザニアなど、これから始まる宴のためのごちそうが並んでいる。クリスマスの飾りの中には、明らかに子供たちの手づくりだとわかるものもあった。

アレックスとエリーがコートを脱ぐとすぐにワインがつがれ、キッチンからリビングルームに伸びる間に合わせの大きなテーブルに花が飾られた。皆がいっせいに話し始め、二人に質問したり、子供たちを紹介したりした。エリーがこれほど圧倒されたのは人生で初めてだった。

アレックスは終始エリーの隣にいたが、彼の緊張ぶりはまだ続いていた。彼女はどきどきしながら、家族のあふれ出る愛、笑い、喜び、感動に反応する彼を見ていた。そして、アレックスがいかに大変な思いをしているかを感じ取った。彼は機知に富んだ魅力的な反応を示していたが、その裏には冷笑的な態度が潜んでいた。

ルシアの友人のエヴァに幼児を押しつけられると、アレックスはしぶしぶ抱きかかえ、エイリアンでも見るかのように凝視した。

彼は愛されるすべを知らないのだ、とエリーは気づいた。それを修正しようとするのは間違いだろうか？

「ねえ、サンドロおじさん、僕とジェイシーと一緒にフープを打ちに行かない？」

アレックスは十二歳くらいのがっしりした少年を見つめた。記憶が正しければ、アリアナの息子のレオナルドだ。そのやんちゃそうな少年は、肩肘張って協調性のなかった十代の自分を思い出させた。ただし、かつてのアレックスとは異なり、レオナルドの朗らかな笑みは、にじみ出る自信と相まってとても魅力的に見えた。コスタ一族のクリスマスのにぎやかな集いで、レオナルドは自分の居場所を確保している。アレックスは八歳になる頃に自信を失い、自分が家族の一員だとは感じなくなった。

弟妹たちがアレックスの少年時代の話を聞かせてエレノアを楽しませている傍らで、彼はこの時間を消化するのに苦労していた。

そして、アレックスの予想どおり、彼の家族はエレノアを崇拝した。彼女は子供たち全員の名前を覚え、弟のアルドの赤ん坊をあやし、プロさながらに食事の支度を手伝った。全員が席に着くと、エレノアは大皿に盛られたコールドカットに飛びつき、マッテオお手製のラザニアを絶賛した。さらには、ローストビーフやアルコール度数の高いティラミスも平らげた。その間、アレックスは一口も食べられずにいた。

コスタ一族は陽気で、料理上手で、エレノアに素朴な味を振る舞った。そして、エレノアが子供の頃から飢えていた家族の温かな愛情を注いだ。そうしたことができるのは、彼らが過去の一家団欒(いっかだんらん)の裏に隠された醜い真実を知らないからだ。その真実を、アレックスは彼らに話すつもりはなかった。彼らの子供時代の思い出を壊さないことが、自分の最低限の義務だと考えていたからだ。それゆえ、アレックスは何年も彼らとの接触を避けてきたのだ。

「バスケットボールのコートは外だろう？　フープを打つにはちょっと寒くないかな？」アレックスは言った。自分に子供たちをうまく扱えるとは思えなかった。

レオナルドの隣にはオーバーオールにヤンキースのスウェットシャツを着た小柄で黒い瞳の妹が控えている。少女は明らかに兄を慕っていた。

「ううん、大丈夫だよ」レオナルドが言った。「アルドおじさんはいつもコートを開放してくれているから、僕たちはいつでもパパと一緒に遊べるんだ。パパはもういないけれど」

アレックスは、少年の父親が数年前、家を飛び出したことを思い出した。

「よし、わかった。行こう」アレックスは立ち上がり、団欒から逃げるチャンスを得たことに感謝した。

アリアナの子供たちは、明らかに大人の男性からの注目を求めている。マッテオとアルドが大騒ぎしているのを見ていたから、少なくともそれくらいのことはできるだろう。

「本当にいいの、サンドロおじさん？」小さな女の子は、不機嫌そうな新しいおじさんが自分たちと遊ぶことに同意したので、明らかに驚いていた。

「もちろんだとも」

アレックスは答え、女の子の柔らかな髪を撫でた。かつて弟妹たちが彼を見るときと同じ崇拝の目で少女に見つめられ、アレックスは罪悪感に駆られた。

「ところで、僕のファーストネームはアレックスになったんだ」〝サンドロ〟はもう存在しない。彼は訂正せずにはいられなかった。

「うん、アレックスおじさん」少年が言った。

アレックスは子供たちのあとを追って裏口から外に出た。しかし、姪と甥と一緒にフープを打ちながら肩の荷を下ろしたいと思っていたのに、目算は外れ、あたりが薄暗くなるにつれて肩の荷はますます重くなった。

エリーはアルドに家の中を案内してもらいながら、サイドボードの上から額装された写真を手に取った。そこには若かりし頃の家族が写っていた。少し不安そうな笑みを浮かべて写っている妊婦と、彼女のスカートをつかんでいる二人の少女と一人の幼い男の子。その四人の傍らに、アレックスに違いない八歳か九歳くらいのハンサムな少年が立ち、楽しそうに笑う幼児を宙に投げていた。

・アレックス以外は皆、程度の差こそあれほほ笑んでいて、幸せな家族に見える。しかし、何か違和感を覚えた。

エリーは写真の少年の表情に見覚えがあった。用心深く、警戒心が強い。それは今日、アレックスが隠そうとしていたものと同じだった。当たり障りのない笑顔と、午後中ずっとちらつかせていた見せかけの自信。けれど、みんな、だまされなかった。

「これは父が亡くなる二年前に撮ったの」アレックスの二番目の妹、イザベラが背後から言った。「サンドロは父にそっくりだった。今もね」

「とてもハンサムね」フレームを持つエリーの指に力がこもった。イザベラの声が悲痛な響きを帯びていたからだ。「幼いときに父親を亡くし、さぞかしつらかったでしょうね」

「ええ」イザベラはため息をついた。「チャーミングで、カリスマ的で、近所の女性たちがみんな夢中になるような人だった。父が急死したとき、母や私たちだけでなく、たくさんの人が悲しみに暮れたわ。でも、いちばんつらかったのはサンドロだと思う」

　エリーは単純にアレックスに同情した。けれど、そのことになぜか罪悪感を覚えた。

　訪問は成功したとは言いがたかった。アレックスの弟妹はとても親切で優しく、心から歓迎してくれた。けれど、彼がそれに応えることはなかった。彼らが話を振っても適当にはぐらかし、ずらりと並んだごちそうもほとんど口にしなかった。エリーはそんな彼が理解できずにいた。

　二カ月前に会ったときの、機知に富み、魅力的で、傲慢で刺激的な人はもういない。その代わり、張りつめた緊張感を漂わせる冷淡な男性がいた。

「今日は本当にごめんなさい」エリーは言い、ぼかしたところで無意味だと気づいて続けた。「彼がここに来たら、きっと……」彼女は肩をすくめた。私は家族の何を知っているのだろう？

「もっと心を開くと？」イザベラはほほ笑んだ。

　優しく、思慮深いその表情は。エリーを詐欺師のような気分にさせた。私は出過ぎたまねをした……。

「あなたのせいじゃないわ」イザベラは慰めるよう

に続けた。「あなたが兄をここに連れてきてくれて本当によかった。これは正しい方向への第一歩よ」

「そう思う?」エリーはイザベラの言葉を信じたかったが、確信は持てなかった。

「ええ、間違いなく」イザベラは窓の外を見た。

アレックスは暗くなってもまだアリアナの二人の子供たちとバスケットボールで遊んでいる。ほかのきょうだいたちは洗濯をしたり、下の子を寝かしつけたり、娯楽室で野球の再放送を見たりしていた。

エリーは、アレックスが外に出たとたん、家の中の熱気が薄れたのを感じた。彼の弟妹同様、子供たちとフープを打ちに行ったのが逃避戦術の一環であることを彼女は知っていた。

「私たちは兄にプレッシャーをかけたくないの」イザベラは続けた。彼女の目は悲しみの色に染まっていた。「父が亡くなる前に、サンドロの身に何かが起こった」彼女はエリーから額入りの写真を取り上げた。「この兄の顔を見ればわかるわ。母が死んだとき、アリアナはそのことについて兄と話そうとしたと思う。マッテオも。でも、サンドロは無視した。以来、兄は私たちを避け続けている」イザベラは肩をすくめた。「父が死んだとき、サンドロはまだ十一歳だった。でも、なぜか母はサンドロを責めたみたいで、彼を見ようとしなかった」

二日前にミアが同じことを言っていたのを、エリーは思い出した。

「そのあと、母は兄を全寮制の学校に入れたの。奨学金を得て。そればかりか、母は休暇に帰省することを許さなかった。サンドロは認めようとしなかったけれど、私たちは兄がどれほど傷ついたか知っている。だから、兄は私たちに会いたがらないのだと思う。兄が腹を割って何もかも話してくれればいいのだけれど」彼女は写真をサイドボードに戻し、エリーにほほ笑みかけた。「エリー、あなたのおかげでサンドロが来てくれた。感謝してもしきれない。あなたを見つめる兄を見て、私たちきょうだいは確信したの、近いうちに完全な雪解けが訪れるって」

「どうして？」エリーは困惑して尋ねた。

「あなたがいるから」イザベラは意味ありげに笑った。「兄が初めて恋に落ちた女性がね」

彼は私を愛していない。イザベラは明らかに、私以上の楽観主義者だ。

その言葉をエリーは頭の中で呪文のように繰り返した。十分前、アレックスと一緒にコスタ家のクリスマス・パーティを辞して以来、彼女は心の隅に居座っている希望の泡を打ち消そうと努め続けた。

車がブルックリン橋に差しかかっても、アレックスは無言でエリーの隣に座っていた。橋のつりケーブルに取りつけられた白い照明が、雪がちらつく中、家へと導いていく。

ただし、アレックスの家であって、私の家ではないけれど。

アレックスが家族にぎこちなく別れを告げるのを見ながら、エリーは考えていた。彼が自分の家族と打ち解けるのをこれほど難しくさせているのはなんなのだろう？　イザベラが言っていた、アレックスを根底から変えてしまい、今でも話すことができない何かとは、いったいなんなの？

彼の傷を癒やす手助けをしたい。それって、そんなに悪いことではないでしょう？　アレックスを苦しめているものがなんであれ、彼の人生の一部になりたがっている人たち——親切で、善良で、寛大な人たちを受け入れないのは、とても間違っているように思えるから。

ロウアー・イースト・サイドを走り抜ける間も沈黙は続いた。通りに人影はほとんどなく、タイヤが雪を跳ねる音だけが響いていた。

エリーの一部は、自分には彼の過去を探る権利はないとわかっていた。とはいえ、もし彼女がしなければ、アレックスは再び自分の殻に閉じこもってしまうだろう。そう思うと、耐えられなかった。彼女は、今アレックスが沈黙と頑固さで何を拒絶しているのか知っていた。

彼がラジオをつけようと手を伸ばしたが、エリーはその手を止めた。「ちょっときいてもいいかしら、個人的なことなんだけれど？」

アレックスの視線が彼女に注がれた。彼のしかめっ面はエリーが何をきこうとしているのか察していることを物語っていた。

「もちろんだ。きみはその権利を獲得したと思う」

奇妙なことを言う、とエリーは思った。これは私のことではなく、二人のことなのに。

「幼い頃、弟さんや妹さんから疎外されるようなことがあったの？」

「どうしてそれを知っているんだ？」アレックスは身構え、きき返した。

「イザベラが教えてくれたの」エリーは言いながら、ハンドルを握る彼の手に力がこもり、関節が白くなるのを見た。「彼女たちは、あなたに何か重大なことが起きたことを知っている。なぜなら、あなたが変わってしまったから。それで、きょうだいと一緒に過ごすのが苦痛になったと彼らは考えている」

エリーはこのまま話を続けて状況がさらに悪化するのを恐れながらも、精いっぱいの努力を放棄するのはもっと怖かった。

「アリアナとマッテオは以前、あなたのお母さまが亡くなったときに、そのことについてあなたと話そうとしたけれど、拒まれたと言っていた。けれど、今なおあなたが話せないでいることを不思議に思っている」

「そんなことはどうでもいい」アレックスは前方の

道路を見つめ、ぶっきらぼうに言った。

「あなたを心から愛している人たちと一緒にいられるかどうかが、どうでもいいはずがないわ」

彼は沈黙を貫き、車を地下のガレージに入れた。

エリーは辛抱強く待った。アレックスがそのことを彼女に話すことができれば、それがなんであれ、彼をその束縛から解き放てると信じて。

アレックスはエンジンを切ると、ついにエリーのほうに顔を向けた。しかし、彼の目に映っているのは得体の知れない感情だった。悲しみでも恐怖でもなく、今日まで慣れ親しんできた警戒心や緊張感でもない。それは……罪悪感と羞恥心だった。「真実を知れば、彼らは僕をさほど愛さなくなるだろう。おそらくは、きみも」

その言葉はエリーの胸を突き刺し、防御壁を一挙に破壊した。

アレックスは私にどう思われているか知っていたの？ なぜわかったのだろう？ なお悪いことに、だから彼は罪悪感を抱いたの？ 自分が同じように感じていなかったから？

「私があなたを愛しているって、どうしてわかったの？」胸が押しつぶされそうな重苦しさの中で、エリーはなんとか言葉を絞り出した。

アレックスは辛辣な笑い声をもらし、親指を彼女の頬に当てて顎を包んだ。いつものことながら、その感触はしびれるようで、エリーが制御できない震えをもたらしたが、今日は胸の痛みを悪化させただけだった。

「きみはあまりにあけすけなんだ、エレノア。だいぶ前からわかっていたよ」

目の奥から涙がこみ上げるのをこらえながら、エリーは顔を引いた。アレックスの申し訳なさそうな表情に、いっそう傷ついた。彼女は必死に防御態勢を立て直し、この事態を乗りきろうとした。

あなたは彼に愛されていないことを知っていたはずよ。心の声が戒めた。落ち着いて。

アレックスは軽く悪態をつき、見えない悪魔と対峙しているかのように身構えた。「きみに真実を話す前に、僕はきみにたくさんの借りをつくってしまったようだ」

真実? いったいなんのこと?

エリーの混乱がおさまらないうちに、彼は話し始めた。その声は怒りといらだちにかすれ、自己嫌悪に満ちていた。けれど、アレックスが話すにつれ、彼女は理解し始めた。あの少年の身に何が起きたのか、どうして愛することを恐れるようになったのか、なぜ人に頼ることを恐れるようになったのか。

「僕がまもなく九歳になるというとき、父は僕をだしに使って愛人との逢瀬を楽しんだ……」

アレックスはずっと胸に秘めていた言葉を口にした。奇妙にも、その相手は、自分にはその資格がないと知りながらも、尊敬されたいと願っている女性で、今それを話すのは、生傷の絆創膏を剥がすような気分だった。彼はエレノアをまともに見られなかった。その大きな青い瞳は、彼にはふさわしくない思いやりに満ちていた。彼はガレージのコンクリートの壁を見つめて再び話し始めた。

「初めて父は僕をトラックに乗せた。僕は何が起ころうとしているのか理解できなかった。父は友人のところに僕を連れていくと言った。興奮したよ。僕は父の仲間が大好きだったから。彼らはいつも僕を仲間のように扱ってくれたんだ。ところが、父は仲間たちのたまり場には行かず、僕の知らない離れた地域まで車を走らせた。そして、車を止めてどこかの家に入っていった。僕はトラックの中で何時間も待っていたように感じたが、実際は二十分くらいだっただろう。ようやく出てきたかと思うと、父はポーチで女性といちゃつき始めた。ほどなく戻ってきた父に、彼女が誰か尋ねた。すると、父は僕を殴った。今もそのときの痛みは覚えているよ」アレックスは深く息を吸った。「父に殴られたのはそれが最初だが、最後ではなかった……」

「アレックス、本当にごめんなさい」

エレノアが言ったが、アレックスはまだ彼女を見ることができなかった。彼女があの少年に同情するのはわかっていたからだ。だが、これ以上エレノアの同情心にすがることはできない。

「あなたの父親は残酷で利己的な人だわ」

「ああ、そういう言い方もある」アレックスはうつろな笑い声をあげた。エレノアは、同じ欠陥を持つ男が隣に座っているなどとは思ってもいないらしい。何日も嘘をつき、彼女を利用し続けるために、打ち明けるべき事実をあえて知らせないでいた男が。

「僕は秘密を守った」アレックスは続けた。「以来、父はいつも僕を伴って女の家を訪れ、父と彼女が二階にこもっている間、居間で待たされた。二人のあえぎ声を聞きながら。トラックの中で凍えながら待っているほうがずっとましだった。そう訴えたら、父はなんて言ったと思う？」またもうつろな笑い声が響いた。

エレノアは首を横に振った。その目は気遣わしげに見開かれていて、彼はますます恥じ入った。

「〝もしおまえが肺炎になったら、おまえのくそ母親にどう説明すればいいんだ？〟と言い放った」

アレックスはため息をついた。

「妹や弟たちは、すばらしい父親だと信じている。子供たちを慈しみ、妻を心から愛している、と。だが、すべては見せかけだった。父が愛人のベッドの上で心臓発作で死んだとき、母は真実を知った」

アレックスは、救急隊が到着した直後にやってきた、ミアを抱く母親の顔を思い出し、体が震えるのを抑えられなかった。彼女は半狂乱で、恐怖に打ちのめされていた。そして、何もかも明るみに出た。

「居間でヒステリーを起こしている女性と一緒に立っている僕を見て、母は瞬時に悟った」アレックスは息を吐き出し、拳を胸に当てた。「そして僕も悟った。母はけっして僕を許さないだろうと」

エレノアは彼の手に触れ、アレックスは彼女の目に涙が浮かんでいるのを見た。

「それは、あなたが何歳のとき？」

「十一歳だ」精神年齢はずっと上だったが。

「お母さまにはあなたを責める権利はなかった」エレノアは熱を込めて言った。「そして、あなたは許してもらわなくてはならないことなど、何一つしていない」

「そうかもしれない」アレックスは言った。ほんの少しの間だけ、彼女の間違った崇拝に浸っていたかったから。なんと惨めなことか。「ここは寒いから、家に入ろう」

エレノアが疲れきった顔でうなずくと、彼は車から降り、彼女が降りるのに手を貸した。

アレックスは彼女を抱きしめたかった。もう一度あのきついぬくもりの中に我が身をうずめたかった。快感に溺れる彼女の嗚咽を聞きたい、あのなまめかしい香りを嗅ぎたい。そしてもう一度、彼女に愛されたくてたまらなかった。

だが、無言のままペントハウスに着くと、彼を癒やしたいというエレノアの気持ちが彼の良心をうずかせ、彼女の生い立ちの秘密を打ち明けるのを引き延ばすためにこれ以上セックスを利用することはできないと自戒した。

コートを脱ぎながら、彼女は優しく言った。「アレックス、あなたは妹さんや弟さんに何もかも話すべきよ。彼らには真実を知る権利がある。そして、あなたはこれ以上苦しむべきじゃないわ」

エレノアの頑固な顎、正直さ、そして物事を正そうとする無謀な決意は、いかにも彼女らしかった。

彼女はアレックスに近づき、手のひらを彼の頬に押し当てた。しかし、彼はエレノアの手首をつかんで自分の顔から引き剥がした。「やめてくれ」

エレノアはたじろいだ。だが、アレックスはもはや嘘をつくことに耐えられなかった。

「きみは僕のことを知らない。僕のことを被害者だとか、善人だとか、そんなふうに思っているようだが、違うんだ。子供の頃からずっとそうだった。僕はナンバーワンの座を守るために必要なことはなんだってする。欲しいものを手に入れるためなら。僕の父のように。あるいは、きみの両親のように」

「私の両親？　何を言っているの？」

そうつぶやくエレノアの困惑顔に、アレックスは胸を揺さぶられた。そして、彼女の無邪気さを打ち砕こうとしている自分、マクレガー夫妻に関する彼女の信頼を永遠に奪い去ろうとしている自分を、彼は憎んだ。

「きみが両親だと思いこんでいる夫婦は、きみを盗み、本来送るべきだった人生とはまったく別の人生をきみに与えた。きみをスコットランドの小さな離島に隠して、独り占めしたんだ。二日前にＤＮＡ鑑定の結果が出た。きみはエレノア・マクレガーではなく、エロイーズ・フレイザーで、ローマンの妹なんだ」

「そんなばかな……ありえない」

エレノアの呆然とした表情に、アレックスの心臓は張り裂けそうだった。

「父と母がそんなことをするはずがない……二人は私を愛してくれたもの」

しかし、その怯えた表情から、彼女は真実を知っているとアレックスは確信した。エレノアは僕を憎むだろう。だが、当然の報いだ。そうだろう？

アレックスは彼女の腕をつかんだ。「彼らはきみを愛していなかった。すべてを奪われたのに、どうしてきみはそんなふうに思えるんだ？」

エレノアは彼から離れた。彼女の顔は苦痛を絵に描いたようだった。こんなふうにあからさまに言うつもりはなかった。極力ダメージを和らげる言い方をするつもりだった。しかし、これでよかったのだ。さもなければ、エレノアは、自分を誘拐して嘘をつき続けた人たちと僕がなんら変わりがないことを理解できないだろう。

涙がエレノアの頬を伝い落ちたが、予想どおり、彼女は泣き崩れるどころか、背筋をぴんと伸ばした。目は細められたものの、そこに痛みや混乱はなく、勇敢さだけがきらめいていた。

そのことがアレックスの心の空洞をさらに大きくした。彼女は美しい。勇ましく、とても獰猛（どうもう）だ。

「信じられない……」スコットランド訛（なま）りが顕著になる。エレノアは動揺しているのだ。

「DNA鑑定は嘘をつかない」

「鑑定を信じていないわけじゃないわ」エレノアは憤然として言い返した。「彼らの動機が……わからない。父も母も私を愛していた——彼らなりに。あの事故現場から私を連れ去ったのなら、自分たちは正しいことをしたと信じたに違いないわ」

アレックスは悪態をつき、真実を受け入れようとしない彼女に腹を立てた。「それは彼らにとっての正しいことであって、きみにとってではない。彼らは自分たちを守るために、きみをずっとあの離島に閉じこめていたんだ。それがわからないのか？ まったく弁明の余地はない」僕がしたことと同じく。そう、僕は母を地獄に突き落とし、家族を破壊したのだ。忠誠を誓うに値しない男のために。「きみは彼らを許してしまうほど、世間知らずなのか、今でも？」

抱きしめて説得しようとアレックスは再びエレノアの腕を取ろうとしたが、払いのけられた。

「触らないで」彼女の声は冷ややかで険しく、アレックスを凍りつかせた。「二日前に鑑定結果が出ていたのに、なぜ教えてくれなかったの？」

彼は髪を指でかき上げた。「言うまでもなく、まだきみとセックスをしたかったからだ。自分が大金持ちだと知ったら、きみはもう僕に従順でなくなるかもしれないと思ったんだ」

エレノアはたじろぎ、手で口を覆ったかと思うと、首を激しく振りながら寝室に駆けこんだ。そしてほどなく、荷造りをする音が聞こえてきた。

彼女を止めることも、辛抱強く諭すことも、許しを請うこともできたかもしれないが、アレックスはその場に呆然と立っていた。

今さら彼女に何を言い、何をしたところで、いったいなんの意味がある？　僕は彼女を引き留める資格のない男なのだから。

バックパックを背負ったエレノアが部屋から出てきたとき、アレックスは身をこわばらせ、感情を押し隠して立っていた。腹の中を酸のように焼く感情を彼女に見せまいとして。

「あなたにそんな権利はなかった」エレノアが口を開いた。頬は涙に濡れ、目はうつろだった。「すぐに鑑定結果を私に知らせるべきだった」

「そう思うのか？」アレックスは精いっぱい冷笑的な態度を装い、その言葉を発した。そうした態度はカーマイン・コスタに純粋な心を打ち砕かれ、家族を崩壊させたときに身についたものだった。

エレノアは彼を廊下に置き去りにして玄関に向かい、数秒後、エレベーターのドアが閉まる音がした。その音でアレックスはようやく我に返り、おぼつかない足どりで寝室に入った。そして、彼女に贈ったネックレスがベッドの上に置かれているのを見た。

それは恋する若者のように熱に浮かされて彼が選んだものだった。アレックスはそれを手に取り、まだ彼女の肌のぬくもりが残る宝石に親指をあてがった。

そして、また罵り声をあげたが、すぐに切れた。まるで今の彼の心のように。

くそっ、僕は本当に彼女の愛情を買えると信じていたのか？　豪華な贈り物や、心身を揺さぶるセックスを何度もすれば、彼女にふさわしい男になれると本気で思っていたのか？

なんと愚かな。

アレックスはベッドの端に腰を下ろし、震える手で携帯電話を取り出して、ローマンの私用電話にかけた。

14

十二月二十六日、朝

「ミズ・マクレガー、そろそろ部屋を空けて。ホステルのチェックアウト時刻は十時よ」

ドアをたたく鋭い音に、エリーは狭いシングルベッドの中で目を覚ました。そのとたん、うめき声が口からもれた。泣いたのと寝不足で体のあちこちが痛い。とりわけ胃の不快感に悩まされていた。

「わかったわ。ありがとう」エリーはやっとの思いで応じた。パニックと混乱と羞恥心に打ちのめされ、一晩中のたうちまわっていた。

ベッドを出る間もなく、昨夜の出来事が痛みを伴ってよみがえる。ローマン・フレイザーのこと、マクレガー家のこと、虚偽に満ちた子供時代のこと……。何よりこたえたのは、アレックス・コスタの冷たい軽蔑のまなざしだった。

　エリーは震える手で髪をかきむしった。なぜ私は彼を憎めなかったのだろう？　彼に利用され、嘘をつかれたのに。彼が、私とセックスをしたかっただけだと言ったとき、なぜ彼の言葉を素直に受け取り、彼への思いを断ち切れなかったのだろう？

「ところで」ドアの向こうで再び声がした。「ジェスが呼んでいるわ。受付にハンサムで金持ちの男が来て、あなたとの面会を求めているそうよ」

　アレックス？　そうに違いない。

　エリーの心臓が跳ね、胃がざわついた。彼は謝りに来たの？　それとも、また説明をしに？

　私はそれを望んでいたのだろうか？　いずれにせよ、彼に再び会えると思うと、愚かにも胸がときめいた。

「ありがとう」彼女はドアに向かって叫んだ。「ジェスに伝えて、すぐに行くからって」

　着替えをすませ、バックパックに荷物を詰めたあと、エリーは一階に下りた。今もまだ胸をどきどきさせながら。だが、ロビーの隅のロッカーにバックパックをしまったとき、エリーはこちらに背中を向けてカウンターの前に立つ男性がアレックスではないことに気づいた。その男性も長身で肩幅が広いが、アレックスほど背は高くなく、カールした髪の色は彼よりも黒かった。

　エリーの中で、愚かにも芽生えた希望の泡はあっけなく弾けた。彼女の到着を察知したかのように男性が振り向いたとたん、エリーはダークブルーのまなざしにとらわれた。

私と同じ目だ――そんな思いが降って湧いたように脳裏に浮かんだ。彼の表情にも同じ思いが表れるのを見て、エリーは衝撃を受けた。

ローマン・フレイザー。数週間前にインターネットで見つけた写真そのものだった。古典的な美貌、彫りの深い頬、意志的な顎、そして虹彩異色症を有する強烈な青い目。

その場に立ちすくむエリーに、フレイザーが近づいてきた。彼女は動揺し、心臓が早鐘を打ちだした。

初めて彼の写真を見た瞬間、なぜかエリーは不思議な絆を感じた。アレックスを最初に見たときと同じように。

やめなさい、アレックスのことを考えるのは。心の声が戒めた。彼はもうあなたを必要としていないのだから。

「エロイーズ……」フレイザーは彼女の前で立ち止まった。そして、かすれた声でつぶやいた。「きみはジョーンおばあちゃんにそっくりだ」

「エリーよ」彼女は訂正した。もちろん、ジョーンおばあちゃんが誰なのかは知らない。「エレノア・マクレガーよ」彼女はつけ加えた。そして、フレイザーに、今にも消えてしまいそうな幻影か何かのように見つめられるうちに悟った。もうエリー・マクレガーはいないのだと。

あの純真で、希望に満ちていて、無邪気で、無謀な少女には二度と戻れない。そして、私が愛し、頼りにしていた人たちが、彼らが言っていたような人間ではなかったことを知り、とても傷ついた。まるで何層もの古い皮膚を剥がされ、望みもしない新たな皮膚が現れたような気分だった。アレックスが申し出たよけいなDNA鑑定のせいで、私の人生は一変してしまったのだ。

私の中には常に満たされない部分があり、いつも何かもっと違うものを求めていた。自分がモイラに属していないことは、ずっとわかっていた気がする。けれど、本当の自分を見つけることが、これほどの苦痛をもたらすなんて、思ってもみなかった。

「もちろんだ」フレイザーはうなずいた。彼の目には、希望らしきものが浮かんでいる。「僕はローマンだ」

「ええ、すぐにわかったわ。あなたの写真をインターネットで見たから」

そのとき、カメラのフラッシュが点滅し、彼の視線はようやくエリーの顔から離れ、ホステルのみすぼらしいロビーを見まわした。そして、不愉快そうに眉をひそめた。「荷物を持ってくるといい。僕のホテルに行こう」

レーザー光線のような鋭い視線がエリーの顔に戻った。彼の声は硬く、命令口調だった。

「しばらく、ホテルのスイートルームに滞在したらどうかな？　あるいは、アッパー・イーストサイドのフレイザー邸に移ってもいい。スタッフは常駐しているが、僕はそこにはほとんどいない。明日、弁護士チームと会い、相続の問題を解決する。そのあとで、フレイザー・ホールディングスが所有する不動産から好きな物件を選んでくれ」

いったい何が起こっているのかエリーが必死に理解しようとしているのをよそに、彼は続けた。

「自分の家を買ってもいいが、僕はあまり勧めたくない――」

「ちょっと待って」情報の洪水に頭が痛くなり、エリーは遮った。というか指示の奔流を遮った。「今日はどこにも行かないし、明日、弁護士と会うのもお断りするわ」

理解しがたいことを彼女が言ったかのように、フレイザーは眉根を寄せた。明らかに、彼は自分の指示を無視されたり反論されたりすることに慣れていなかった。彼の親友と同じく。

初めて会った夜、〝上に立つべき者〟モード全開だったアレックスの姿が、突然思い出された。エリーは胸を締めつけられ、昨夜から続く吐き気がにわかに強くなった。自分の運命は自分で制御したいという彼女の願望をせせら笑うかのように。なんて、すばらしい。私の人生にまた威圧的な男が現れるとは。

「だって、しばらくここに住むつもりだし、これくらいの滞在費は自分で賄えるから」エリーは吐き気に耐えながら、できる限りきっぱりと言った。「今日と明日はコロンバスサークルのカクテルバーでシフトが入っているの」

「エロイーズ、きみはわかっていると思うが――」

「エリーよ」彼女は再び訂正した。

ローマンは目をしばたたいた。「そう、エリーだ」深呼吸して続ける。「きみは今や、不動産の収益、株式オプション、そして二十一年前にきみの名前で設定された信託基金、合わせて五十億ドル以上の資産を有する身だ。好きなところに住む余裕があるし、ホテルやフレイザー邸なら、無料で住める。きみは僕の妹なんだから」

僕の妹――その言葉をローマンが口にしたとき、エリーはひるみ、彼自身も緊張していた。きょうだいであることを初めて声に出して認めたのだ。

それでも、エリーはここから出るつもりはないし、弁護士にも会いたくなかった。今はまだ。

「僕はきみをバーで働き続けるのを許可するわけにはいかない」

「なんですって！」彼の高圧的な態度に、エリーは怒りを爆発させた。すると、不思議な高揚感を覚えたが、無視して続けた。「いつ誰があなたを私のボスにしたの？」かつてアレックスに言った言葉をそのまま繰り返す。その瞬間、怒りは霧散し、昨夜できた大きな傷が再びぱっくりと開いた。

　アレックス……。彼はもう私を必要としていなかった。というか、本当に私を必要としたことは一度もなかったのだ。なぜなら、彼はきっと私の滞在先を突き止めたうえで、ローマン・フレイザーに伝えたに違いないからだ。アレックス・コスタは私とは縁を切り、私を親友に託したのだ。開封したくない小包のように。

「わかってもらえないと思うけれど、私はお金はいらないの」エリーは鼻をすすり上げ、涙が出かかっていることに気づいた。「こんなことは……望んでいない」息も絶え絶えにつけ加える。惨めさが胸を重しのように圧迫していた。「私はあなたに会う準備ができていなかった。マクレガーの父と母が私についたすべての嘘を処理する準備も」

　エリーはそこで言葉を切った。何よりつらかったのは、アレックスなしで新しい生活を始めなければならないのを知ったことだった。

　彼が恋しくてたまらない。なぜアレックスは私を見捨てたの？

　エリーはまばたきで涙を押しとどめようとした。この見知らぬ男性の前で泣き崩れるのは、ホステルの部屋で一人で泣きじゃくるよりずっと惨めな気がしたからだ。

　しかし、ローマン・フレイザーは、ショックを受けたり、恥ずかしがったり、迷惑そうな顔をしたりすることもなく、ただうなずいた。それから口を開いた。「すまない、きみの言うとおりだ。最初からやり直すというのはどうだろう？　どこか二人きりで話せる場所はあるかな？　話し合うことが山ほどあるんだ」

　エリーはまた鼻をすすった。「そうなの？」感謝の気持ちが手ばかりか、膝も震わせた。

「ああ。表に車を止めてあるから、きみさえよければ、車の中でも話せる。レッカー車に持っていかれていなければ」

彼女の口から小さな笑いがこぼれた。ローマンの率直な謝罪は、アレックスのことを、そして二人の数々の言い争いを思い出させた。けれど、今回はさほど苦痛には感じなかった。アレックスとローマンが友だちになった理由がわかった気がした。

ローマン。私の兄。

エリーは震えるため息をつき、ようやくその事実を認めることができた。

それはある種の進歩だ。

「代わりに、散歩がてら話すというのはどう？」エリーはローマンの車に乗りたくなかった。彼の車がアレックスのと同じくらい豪華なのは間違いないし、胃の調子が完全に回復したようには思えなかったからだ。「セントラルパークまではわずか一ブロックしかないの」

昨日の夕方、アレックスと別れたあと、エリーは公園を歩くのを避けた。しかし、それもまた、彼女が乗り越えなければならないものの一つだった。

ローマンはためらい、明らかに拒否したがっていたが、しばしの躊躇のあとでうなずいた。「かまわないよ、きみが望むなら」

彼は大きな譲歩をしたのだとエリーは思った。そして、今日ホステルを出るよう迫ったりしなかった。明日弁護士に会うことも。

エリーはまだ緊張していたが、公園に向かって坂道を下る頃には、吐き気はかなりおさまっていた。

ローマン・フレイザーと知り合うことは、さほど悪いことではないのかもしれない。結局のところ、ずっときょうだいが欲しかったのだから。ただ、兄が映画スターのような美貌を持ち、エディンバラの城をいくつも購入できるほどの億万長者だとは想像していなかった。

エリー、あなたなら適応できるわ。心の声が励ました。

そう、私は適応できる。けれど、とんでもない冒険になるだろう。それに、ローマンにいろいろ尋ねることができる。二人を産んだ人について。私はまだ、ウィリアムとエディスのフレイザー夫妻のことを自分の親だとは思っていない。でも、少なくとも彼らのことや事故のこと、そしてローマン自身のことをたくさん知ることができれば、打ち解けることができ、恐怖心が薄れるかもしれない。そして、ローマンはアレックス・コスタの親友でもある。

アレックスのことをローマンに尋ねるべきでないとエリーはわかっていた。昨夜、彼が幼少期のことを語ってくれたおかげで、もう充分にわかったはずだった。彼の残酷なまでの冷笑的な性格は子供の頃に形成されたものだと。

とはいえ、二人の間に起こったすべてを完全に誤解していた自分を責めるのをやめるには、どうすればよかったのだろう？　そして、私が必要としていたものを手に入れるには？

「ワッフルはいらないのか？」ローマンが、セントラル・ドライブの屋台で買ってきた熱い紅茶をエリーに手渡しながらきいた。

「ええ、けっこう。でも、ありがとう」

エリーはそう答えたものの、できたばかりの兄と一時間近く歩き、話をしたあとでは、少しばかりおなかがすいたのを認めざるをえなかった。

アレックスに関する傷心も、一夜にして億万長者になることへの戸惑いとパニックも、いまだ続いていたが、ローマンとの話し合いは刺激的かつ魅力的だった。彼はエリーのことをあれこれ知りたがるだけでなく、彼女を気遣い、少なからず遠慮しているのがわかったからだ。

ローマンは非常に警戒心の強い男性だった。彼は悲しみや孤独感を抱え、それは彼がずっと一人で過ごしてきた歳月に起因するのだろう。事故に対する誤った罪悪感にもよる、とエリーは思った。

散歩の最初にローマンが謝罪の言葉を口にしたとき、アレックスの言うとおりだったとエリーは改めて思った。重傷を負い、意識が断続的に途切れる中、妹の誘拐を防げなかったことを嘆く彼に、アレックスは自分を責めるのはおかしいと諭したという。まさに正論だと彼女は思った。

話題は変わり、兄の生活や子供時代、そして両親について質問するうちに、彼が進んで話すこととそうでないことがあることにエリーは気づいた。

たとえば、祖父のケンが始めた豪華列車のツアーや、莫大（ばくだい）な収益をあげている彼の事業などは詳しく説明してくれたが、夢や希望、将来の計画についてはほとんど語らなかった。彼自身の過去についても。

それでも、いくつか聞き出すことができた。彼はアレックスと同じく、エルドリッジ・プレップを嫌っていたらしい。アレックスと出会うまでは。また、彼が二十一年前に、近しい人たち全員を亡くしていることがわかった。その年のクリスマスに両親を亡くしただけでなく、祖父母のジョーンとケンも亡くしていた。彼は両親以上に、祖父母のことを親しげに話したが、なぜかその事実は大きな意味を持っているように思えた。というのも、ウィリアムとエディスに関しては、彼らが十年近く二人目の子供を持つのに苦労してきたこと、それゆえエロイーズをとても愛していたこと、それだけしか言及しなかったからだ。彼は言わなかったが、二人目を授かろうとしたことが、結婚生活や息子との関係に大きな影響を及ぼしたのではないかと、エリーは疑った。

一つ確かなことは、ローマンは、自分が慎重な性格になり、エリーに対して過保護にならざるをえなかった理由を説明しなければならないと感じているということだ。彼女がバーで働くことへの懸念を彼は事あるごとに表明していた。しつこいくらいに。

エリーはお茶を一口飲んだ。二人はあらゆることを話したが、彼女の脳の隅にはある話題がまだ居座っていた。

アレックス……。

「アレックスとは学校で仲よくなったんでしょう？その頃、彼はどんな人だったの？」

エリーはさりげなくきいたつもりだったが、ローマンが顔をしかめたのを見て、失敗したと悟った。

「どうしてそんなに彼に興味があるんだ？」

兄の困惑したような目に射抜かれ、エリーはどぎまぎした。「彼はあなたに言わなかったの？」意を決して尋ねる。「私たちのことを？」

アレックスが私との関係を兄に話さなかったとしても驚くにはあたらない、とエリーは気づいた。アレックスにとっては、もう終わったことなのだから。

しかしそれでも、自分が彼の中であっという間に過去の人間になったことを思い知らされ、胸が痛んだ。

「〝私たちのこと〟というのはどういう意味だ？」ローマンの口調が鋭くなり、その目は動揺の色を帯びていた。「アレックスはきみを誘惑したのか？」

エリーは頬を染めた。まずかったかしら？

「いいえ」彼女は否定した。「私たちは誘惑し合ったの。あなたには関係のないことよ」

「あの男ときたら……」ローマンは悪態をつき、目に怒りの炎を燃やした。「いったい何を考えているんだ？　もし僕の妹を利用するつもりなら、殺してやる」

「ちょっと待って」エリーは彼の腕をつかんだ。ローマンの怒りは兄としての保護本能から生まれたものなの？「初めてベッドを共にしたとき、当然のことながらアレックスは私の素性を知らなかった」

ローマンは固まり、眉間にしわを寄せた。「初めてベッドを共にした？　やっと何回寝たんだ？」

「もう一度言うけれど、あなたには関係ないわ」きょうだい間のエチケットについて、エリーはまったく知らないが、性生活について親密に話し合うことはないに違いない。「ただ、感謝祭の週末にアディロンダックスにある彼の別荘に連れていってもらってから、一緒に暮らしていたの」

ローマンの顔に浮かんでいた怒りは、ショックに取って代わられた。「同居？」まるでその言葉を初めて聞いたかのように彼はつぶやいた。

「ええ。そんなに驚くことかしら？」少なくともしばらくの間、アレックス・コスタが私を求めていたことが信じられないのだろうか。

「いや。ただ……アレックスは遊び人で、長続きするような関係はけっして持たない主義だから」

兄の言葉を聞いて、懸命に打ち砕こうとしてきた希望の泡が胸の中でふくらむのを感じた。

「それに、たとえ彼が考えを改めたとしても……」ローマンは頬をかすかに染めて続けた。「きみは彼のタイプではない」

「じゃあ、どんな人が彼のタイプなの？」突然エリーは知りたくなった。私には何が足りなかったのだろう？　なぜアレックスは、私がいちばん彼を必要としていたときに、無情にも私を突き放したの？

「妹とこんな話をするのは気が進まない」

「そうなの？　それはお気の毒」エリーはようやく自信が戻ってきたのを感じながら、揶揄した。「でも、この会話を始めたのはあなたよ」

「ああ、確かに」ローマンはしぶしぶ認めた。「僕の見たところ、普段アレックスがデートをしているのは……」彼は咳払いをした。「いわゆる経験豊富な女性だ」

「そう……」エリーは顔をしかめた。再び心が沈んでいく。もちろん、彼女は知っていた。なぜなら、エリーがバージンだと知ったとき、アレックスは動揺していたからだ。「公平を期すために言っておくけれど、ハロウィーンで初めてベッドを共にしたとき、彼は私がバージンだとは知らなかったわ」

「きみは……そうだったのか？」ローマンはまたも悪態をつき、倒れこむようにして近くのベンチに座りこんだ。「今はあいつを殺すべきか拷問するべきか、自分でもわからない」言葉とは裏腹に、怒っているようには見えなかった。

エリーは兄の隣に座り、彼の膝を撫でた。兄と妹——そこに複雑な関係性があるのは明らかで、どう接していくべきか、これから二人とも学ばなければならないのだろう。彼が自分と同じようにきょうだいとの接し方について無知だとわかり、エリーはほっとした。そして、妹を守りたいという彼の気持ちは、今は横暴というより甘美に感じられた。

ローマンとベンチに座り、今後の二人の関係について考えながらも、兄がアレックスについて、そして彼のデート相手について先ほど話したことを、エリーは再検討した。

その結果、希望の泡はふくらんだ。前夜に起こったことが突然まったく意味をなさなくなったからだ。

私はあまりにも簡単に諦めてしまったのではないだろうか？　なぜアレックスの気持ちを確かめもせずに、別れを受け入れてしまったの？　なぜ、あんなにも長い間、秘密を守ってきた少年に思いを馳せなかったのだろう？

二人は、アレックス以外のことでもう少し話をしたあとで、ローマンはエリーに言った。「きみはもう二度と仕事に行く必要はない」

しかし今回、エリーは腹を立てることなく、ただほほ笑んだ。兄を持つことは大変なことだけれど、妙に張り合いもあった。「それについては、近いうちにまた話し合いましょう」

エリーが言うと、ローマンはうなずいた。彼女は無意識のうちに手を伸ばし、指で兄の頬を軽くつついた。彼は身をこわばらせたものの、拒みはしなかった。

これは大きな勝利だと、エリーは別れ際に思った。それから彼女は公園を抜けてバーに向かった。十二時間前よりもずっと心身が軽くなった気がする。彼女にはするべきこと、考えなければならないことが山ほどあった。そして、アレックスに関しては完全に間違っていたのかもしれないと思った。諦めてはいけなかったのだ。けれど今、エリーは今朝目覚めたときより自分はずっと強くなっていると感じた。

一つ確かなことは、これ以上アレックスにすべてを委ねるつもりはないということだった。

15

十二月二十六日、夜

アレックスはリビングエリアの隅にあるクリスマス・ツリーを眺めた。明かりは消え、枝は飾りの重みで垂れ下がり始めている。まるで僕を嘲笑しているようだ、と彼は思った。

わずか三日前まではあれほど魅惑的に思えたツリーが、今は場違いに見える。洗練された無個性な部屋にあっては。

なぜ僕は清掃員に電話をして、持ち去るように頼まなかったのだろう？　考えるまでもない。エレノアが僕に残したのは、それだけだから。

今日一日ずっとそうだったように、アレックスはまたも身の凍るような悲しみに襲われた。一人で目を覚まし、シーツに染みこんだスパイシーで豊かな香りを吸いこんで以来、彼の中にあったうつろな空間は、鋭い裂け目となった。

その裂け目は、父親が死んだ夜に初めて現れた。しかし今回、その裂け目はより深く、暗く、底なし沼のようだった。

彼女が恋しい。だが、きっと乗り越えられる。アレックスは自分にそう言い聞かせた。

この絶望的な憧れもいずれは消えるだろう。なのに、どうして僕の生活のあらゆる面に影を落としているんだ？　昨夜は眠れず、今朝は食事をとれなかった。昼もほとんど食べられず、仕事に没頭するのも難しかった。また、エレノアとの初対面を果たしたとローマンからメールが届いたが、彼に電話をかけて祝福する余裕もなかった。

アレックスは家に着いてすぐ、スコッチをついだ。そして、琥珀色の液体に向かってつぶやいた。「おまえにはわからないよ、相棒」

そのあと、何をしても何を見ても、エレノアのことが思い出された。エレノアに彼女の生い立ちの秘密を打ち明けたときの、打ちのめされたような顔を。

ふいに、エレベーターが上がってくる音が聞こえた。アレックスはたたきつけるようにグラスをテーブルに置き、ロビーに向かった。いらだちが爆発しても、彼の中の裂け目が消えることはなかった。

来訪者が誰であれ、会うつもりはなかった。誰かと一緒にいる気分ではない。

だが、エレベーターのドアが開くなり、アレックスは固まり、息をのんだ。「エレノア……」

スキニージーンズとセーターの組み合わせは、彼女のしなやかな曲線にぴたりと張りつき、とてもセクシーで美しい。奔放な髪が肩にかかり、柔らかな肌は寒さでピンクに染まっている。アレックスは拳を握ってポケットに突っこんで、彼女をつかんでそのまま寝室に運びたいという衝動をなんとか抑えた。

「ローマンに会ったわ」そう言ってエレノアは重いため息をついた。「今朝、兄に会ったの」

「ああ、知っている。彼からメールをもらった」アレックスは話すだけで必死だった。彼はただ、エレノアのすべてを自分のものにしたかった。残りの人生で彼が恋しく思うすべてのもの――彼女の賢さや機知、美貌、そして彼をとりこにする柔らかなスコットランド訛りを。

「なぜ彼に私たちの関係を話さなかったの？」

その口調の端々に、傷心と戸惑い、そして非難めいたものを感じ、アレックスは顔をしかめた。「どうしてわかったんだ？」

「ローマンと話すうちに、話があなたのことに及んだら、彼が怒りだしたから」

エレノアが彼に向かってきた。獰猛で、挑発的で、堂々たる態度で。彼女の香りを胸いっぱいに吸いこむと、後悔の念が再び頭をもたげ、アレックスは一歩あとずさりした。

エレノアがここにいる今、アレックスがしたかったのは、彼女に許しを請い、戻ってくるよう懇願することだけだった。

「質問に答えて。なぜ私たちのことを兄に話さなかったの、アレックス？　一カ月前から同居していることを親友に言わなかったのは、あなたにとって私は取るに足りない存在だったから？」

彼女の辛辣な問いかけはボディブローのようにアレックスに襲いかかった。彼は嘘をつくこともできたが、これ以上エレノアを傷つけたくなかった。

「それは違う……」アレックスはごくりと喉を鳴らした。「そんなことはきかないでくれ」

「あなたは私があなたを愛していることを知ってい

ながら、私を拒絶した。どうして?」

「理由はわかっているはずだ」なんとかごまかそうとアレックスは躍起になった。「きみを傷つけたくなかったんだ」

「本当に?」エレノアの目に青い炎が燃えた。「だとしたら、手遅れよ。私はもうあなたに打ちのめされた。でも、今はちゃんとした答えが欲しい。セックスの話は抜きで」スコットランド訛りがどんどん強くなる。「これはけっしてセックスだけの問題ではないから。それが理解できないなら、あなたは愚か者よ。私のことが恥ずかしかったの? それでなかったことにするわけ?」

アレックスはうなり声をあげ、顔をそむけた。そして両手をホールに置かれたテーブルについたが、腕の震えを止めることはできなかった。全身が震え、後悔と悲しみの波が胸に押し寄せる。彼は自分の弱さ、自分が抱える深い傷を目の当たりにした。今アレックスがしたいのはそれらを取り除くことだった。

自分には価値がなく、誰からも望まれていないと感じてから、もう二度と傷つくまいと長い時間をかけて堅固な防護壁を築いてきたのに、なぜかたった一人の獰猛なスコットランド娘によってまたたく間に打ち砕かれた。

僕に何ができるのか、僕がどんな存在になりうるのかを、エレノアは垣間見せてくれた。なのに、僕はそれを受け入れることができなかった。なぜなら、真実を知ったらエレノアは僕の前から消えてしまうという恐怖に駆られていたから。

「僕はきみのことを恥ずかしいと思ったことは一度たりともない」アレックスは喉の奥から声を絞り出した。「むしろ僕は自分を恥じていた。なぜなら、きみに愛されたかったのに、きみを愛するのが怖かったからだ」

頬を濡らす涙を拭いながら、エリーはアレックスの震える背中を見つめた。彼の抱えるあまりに痛々しい悲しみに胸が引き裂かれ、立っていられないほど膝ががくがくする。不屈のはずのアレックス・コスタが今、生きていること自体に怯えているように見えた。

エリーはおずおずとほほ笑み、無意識のうちに止めていた息を吐き出した。これは二人が絆を結び直すチャンスだ。そう確信して、彼女は二人の間に残された最後の距離をつめ、アレックスの腰に腕をまわして彼のこわばった背中に頬を押しつけた。そして、胸の鼓動が背中越しに伝わるほど強く、彼にしがみついた。彼女がいかにアレックスを愛しているか、彼が感じ取れるほど強く。それがどんなに怖くても、アレックスはエリーの愛に応えることができ、彼女を傷つけることはないということを知ってほしかった。

ゆっくりと、確実に、アレックスの体の緊張がほぐれ始め、震えが止まった。

「アレックス、お父さんがしたことはあなたのせいじゃない。彼はあなたに、あなたが守るべきではない秘密を守らせたの」

彼の震える吐息がたくましい体をすり抜けてエリーに伝わった。「今なら、わかるよ」ついにアレックスは彼女の腕の中で体の向きを変え、両手で頬を包みこんだ。「僕がきみにふさわしいかどうかはわからない。でも、この二度目のチャンスは絶対に逃がさない」

エリーはにっこり笑った。「よかった」彼の首に手をかけて顔を引き寄せる。「だって、私を追い出そうとしても、もう二度と追い出せないもの」

二人の唇が重なった。キスは深く、独占欲と安堵、そして飢餓感に満ちていた。けれど、アレックスが彼女を抱え上げ、エリーが彼の腰に脚を巻きつけたとき、彼女は唇を離し、息も絶え絶えに言った。

「あなたも言って」

「何を？」彼は眉をひそめたものの、その目にはいたずらっ子のようなきらめきが宿っていた。

「愛していると言って」

「僕はきみをただ愛しているだけじゃない」アレックスは彼女の胸の谷間に顔を押しつけた。「敬愛し、恋慕しているんだ」

エリーはさらに懇願した。「そして家族と仲直りして、すべてを話すと約束して」

彼はちらりと顔を上げ、うなずいた。そして、エリーを抱えたまま寝室に向かいながら尋ねた。「ほかにご要望は？」

「残りの人生を、私が要求すればいつでも絶頂の喜びを味わわせると約束して」

そしてアレックスは彼女に襲いかかった。すべての約束を果たすために。

エピローグ

大晦日（おおみそか）

親愛なるミスター・コスタ

エロイーズ・フレイザー失踪事件に関するこれまでの調査の中間報告をお送りします。

ミズ・フレイザーが所有するエレノア・フィッツジェラルド・マクレガーの出生証明書は偽造書類ではなく、その年の夏にマクレガー夫妻の間に生まれた女児のものでした。

私は、ハイランド地方の国有林にある夫妻が住んでいた人里離れた林業用コテージで出産に立ち会った助産師、キャサリン・ウィルソンを探し出しました。彼女によると、難産のすえに子供は予定日より二週間早く生まれたそうです。

その子はその冬に急死したと私は考えています。フレイザー一家の痛ましい事故が起きた頃の通信記録と当時の天気予報を調べたところ、夫妻は事故が起きる一週間前から暴風雪のせいで、誰とも連絡を取れない状況に陥っていたと思われます。

地元の林業委員会の協力を得て、私はマクレガーのコテージから少し離れた小高い丘で小さな墓を発見しました。そして、墓標にはエリーという名前と事故の三日前の日付が刻まれていたのです。

マクレガー夫妻は、娘の死を報告するためにインバネスに向かう途中、事故現場に遭遇し、フレイザー家の赤ん坊、すなわちミズ・エロイーズ・ジョーン・フレイザーを引き取った――これが私の推測です。夫妻はその後すぐにモイラ島に移り住みました。翌年まで続いた警察の大規模な捜索から逃れるために。

埋葬された亡骸(なきがら)がマクレガー夫妻の子供であることを確認したいというご要望があれば、私のほうですべて手配いたします。

これまでの調査結果は、地元の警察に送りました。それでは、ご指示をお待ちしています。

私立探偵レーン・マッケンジー

エリーは涙を拭いながら、アレックスが雇った探偵からの報告書を書斎のデスクの上に置いた。

「こんなにも早く真相が明らかになるなんて……」

エリーは息をつまらせながら言った。ロスとスーザンが彼女を〝奇跡の赤ん坊〟と呼んでいたのも無理はない。あの冬、彼らは我が子を亡くして打ちひしがれたに違いない。そして、あの荒涼とした道でエリーを見つけ、命を救ったのだ。ローマンに気づかなかった、あるいは彼が生きているとは思わなかった違いない。

アレックスが彼女をそっと引き寄せてたくましい腕に包みこんだ。そのとたん、エリーはアレックスの愛に圧倒され、彼にしがみついた。

アレックスはエリーをありのままに受け入れ、彼女の長所だけではなく短所も愛した。実際、彼はエリーの欠点を、長所だと思った。ロスとスーザンのマクレガー夫妻がけっして理解できなかった方法で、アレックスは彼女を理解したのだ。夫妻がありったけの愛を注いでいたのは、エリー・マクレガーという名の、彼らが失った赤ん坊だった。

「謎がこんなにあっさり解決するとは、驚きだな」

うなじを撫でるアレックスのささやき声は、エリーには刺激的であると同時に心地よいものだった。

「でも、悲しい……」エリーは深いため息をついた。

マクレガー夫妻のことを思って胸が張り裂けそうになりながらも、エリーは安堵の波が押し寄せるのを感じた。一トンもの重しが肩から取り除かれたかのように。その重しは、ロスとスーザンがいつもエリーに抱いていた期待そのものだった。なぜなら、ロスとスーザンが彼女に望んでいた人生は、彼女の望む人生ではなかったからだ。

「きみは、墓を掘り起こしてすべてを確認したいと思うか？」

「いいえ」エリーは首を横に振った。一つため息をついて、彼の腕の中で体の向きを変えた。「小さな、小さなエリー・マクレガーの安らかな眠りを妨げたくないもの」彼の顔に触れ、固い頬が柔らかくなるのを感じながら続ける。「ありがとう、アレックス。どんなに欺かれていたとしても、ロスとスーザンは彼らなりに私を愛してくれていたのだと知ることは、とても意義深いことだった。厳密に言えば、彼らが愛したのは私じゃなかったけれど」

アレックスは彼女の手を取り、手のひらに優しくキスをした。「エレノア、きみはどうしてそんなに寛容になれるんだ？　きみが享受するべきだった人生を盗んだ彼らを、なぜ憎まない？」

「彼らは私を傷つけるつもりはなかったとわかっているからよ」

「なるほどね」彼女の答えに納得していないようで、アレックスの言葉には皮肉がこもっていた。

　彼の不満げな表情に、エリーはほほ笑まずにはいられなかった。今しがたの皮肉や、マクレガー夫妻は許しがたいという気持ちが、エリーを傷つける者から守りたいという激しい願望からきていることを知っていたからだ。

「そして今、私には必要なものがすべてそろっているから」エリーは言い添えた。「とりわけ、あなたとローマン、そして、圧倒されてしまうあなたのすばらしい家族が」

「僕のわけのわからない大家族のことか？」彼は眉をひそめたものの、口調には軽さが感じられた。

　アレックスの家族はクリスマスの訪問のあと、いっせいに彼にメールを送った。そして、アレックスはようやく、新年にアディロンダックスにある彼の家で家族の集まりを催すことに同意した。もちろん、エリーも交えて。その際、彼は父親に関する真実を話すだろう。

　エリーはまた、ローマンにメッセージを送り、彼と彼の弁護団と来週会う約束をした。そして、いずれは新しい兄についてすべてを知ることになる。兄の恋愛にまつわる謎も解くつもりだった。

「ええ、もちろん」エリーは笑った。「それから、言うまでもないけれど、一生かけても使いきれないほどのお金と、あのめくるめく世界も」

　頰を染める彼女を見てアレックスは笑ったが、早くもその手は彼女のセーターの下に滑りこんでいた。彼のざらついた手のひらはエリーの背中をじわじわ

と刺激し、腹部へと移っていった。「今夜ハイライ
ンで開かれるイベントを欠席して、ここで新年を迎
えるのはどうだい？　きみと僕と……めくるめく快
感だけで？」
　アレックスが彼女のヒップに手を添え、柔らかな
下腹部をズボンのあからさまなふくらみに引き寄せ
ると、エリーは喜びの吐息をもらして彼に飛びつき、
脚をたくましい腰に巻きつけた。
「答えは聞くまでもないって知っているくせに」今
度はエリーが笑う番だった。

　三時間後。アレックスは愛する女性を腕に抱き、
夜空を彩る花火を眺めていた。疲れきっているのに、
体のうずきはまだおさまらなかった。
　僕の人生がさらによくなる余地はあるだろうか？
　疑わしいものだ。
「アレックス？」
　闇に響く声に彼が見下ろすと、エレノアはアレッ
クスの肩に頭をあずけ、真剣な表情で彼を見ていた。
色とりどりの光に照らされながら。
「なんだい？」アレックスはエレノアを抱きしめ、
その感触や匂いに酔いしれた。彼女がいつまでも自
分のものだという状況がうれしくてたまらない。
　これはいったいなんなんだ？　親友の妹と恋に落
ちるなんて、思ってもみなかった。
「ねえ、これからは私のことをエロイーズって呼ん
だら？　ほかのみんなはまだ私のことをエリーと呼
んでいる。だって、その愛称は〝エレノア〟と〝エ
ロイーズ〟の両方の名前にぴったりだから。でも、
あなたはいつも本当の私を見てくれているから、エ
ロイーズと呼んでもらうのが正しいんじゃないかし
ら」
　アレックスの唇に浮かんでいた官能的な笑みが消
え、真顔になった。「本当に？」

「ええ、エレノアはもう死んだの。〝サンドロ〟のように」

アレックスはうなずいた。胸がいっぱいになり、息苦しさを感じるほどだった。「ローマンは大喜びするだろう」エロイーズを取り戻すためにローマンがどれほどの努力をしたか、アレックスは知っていた。そして、彼女の申し出はその成果なのだ。

「あなたはどうなの？　正しいことだと思う？」

マットレスが沈みこみ、アレックスの脚が彼女のむき出しの腿の間を静かに滑って、彼女を引き寄せた。「正直に言うと、エロイーズ……」

アレックスはつぶやき、彼女の顎をつかんで唇を近づけた。

「〝拾われた（カシモド）フレイザー〟と呼んでほしいと頼まれたら、それは正しいことだと思うだろう」

「まったく、あなたったら！」彼女は戯れにアレックスの肩をたたいて憤慨してみせたが、目は笑っていた。そして、彼の激しく所有欲丸出しのキスに身を委ねた。

愛する人の口の中を探り、その情熱をのみこんで、幸福を分かち合う喜びに浸りながら、アレックスは近々、二つの名前に加え、もう一つの新しい名前を彼女につけ足そうと誓った。

エロイーズ・フレイザー・コスタという名前は、アレックスにとってはさらにしっくりくる名前に思えた。

なぜなら、エレノアは、いやエロイーズは、僕の本当の姿をずっと見ていてくれたからだ。僕が彼女のようなすばらしい女性に愛されるほどの男なら、結局のところ、夫としてもさほど悪い男であるはずがない。

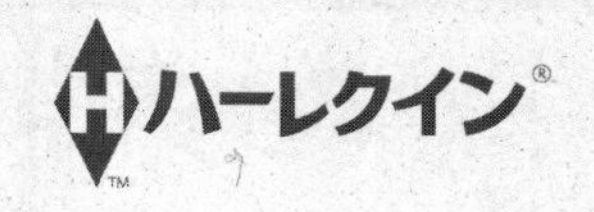

家なきウエイトレスの純情
2024年4月5日発行

著　　者	ハイディ・ライス
訳　　者	雪美月志音（ゆみづき　しおん）
発 行 人	鈴木幸辰
発 行 所	株式会社ハーパーコリンズ・ジャパン 東京都千代田区大手町 1-5-1 電話 04-2951-2000（注文） 0570-008091（読者サービス係）
印刷・製本	大日本印刷株式会社 東京都新宿区市谷加賀町 1-1-1

造本には十分注意しておりますが、乱丁（ページ順序の間違い）・落丁（本文の一部抜け落ち）がありました場合は、お取り替えいたします。ご面倒ですが、購入された書店名を明記の上、小社読者サービス係宛ご送付ください。送料小社負担にてお取り替えいたします。ただし、古書店で購入されたものについてはお取り替えできません。®とTMがついているものはHarlequin Enterprises ULCの登録商標です。

この書籍の本文は環境対応型の植物油インクを使用して印刷しています。

ISBN978-4-596-53791-1 C0297